백준 신무협 장편소설

ORIENTAL FANTASYSTORY & ADVENTURE

금검혈도

10

dream
books
드림북스

금검혈도 10 (완결)

초판 1쇄 인쇄 / 2014년 10월 30일
초판 1쇄 발행 / 2014년 11월 6일

지은이 / 백준

발행인 / 오영배
책임편집 / 편집부
펴낸 곳 / (주)삼양출판사 · 드림북스

주소 / 서울특별시 강북구 솔샘로67길 92
대표 전화 / 02-980-2112 팩스 / 02-983-0660
편집부 전화 / 02-980-2116 팩스 / 02-983-8201
블로그 / blog.naver.com/dreambookss

등록번호 / 제9-00046호
등록일자 / 1999년 3월 11일

© 백준, 2014

값 8,000원

ISBN 978-89-542-5519-6 (04810) / 978-89-542-5101-3 (세트)

* 지은이와 협의하에 인지는 생략합니다.
* 잘못된 책은 구입한 곳에서 바꾸어 드립니다.

이 도서의 국립중앙도서관 출판시도서목록(CIP)은 서지정보유통지원시스템 홈페이지(http://seoji.nl.go.kr)와
국가자료공동목록시스템(http://www.nl.go.kr/kolisnet)에서 이용하실 수 있습니다.
(CIP제어번호: 2014031088)

금검
혈도

백준 신무협 장편소설

ORIENTAL FANTASY STORY & ADVENTURE

10

dream
books
드림북스

목차

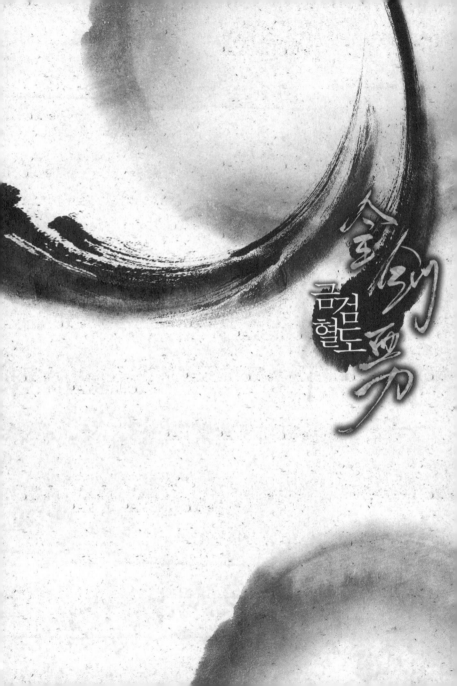

金劍血刀
금검
혈도

第一章

길을 걷는 다리

꽈과쾅!

지축이 흔들리는 거대한 굉음과 함께 수련동의 내부가
와르르 무너져 내렸다. 안에는 분명 사람이 있을 터인데 무
너져 내린 것이다.

"사형!"

수련동으로 음식을 가지고 가던 자야가 무너지는 수련동
의 모습에 놀라 달려갔다. 그녀는 다급한 표정으로 입구에
서서 바위들로 막혀 있는 수련동의 모습을 쳐다보았다.

"사형! 안에 계신 거죠!"

자야는 큰 목소리로 외치며 임초월이 무사하기를 바랐

다. 그때 커다란 외침성이 터졌다.

"으아아아아!"

콰콰쾅!

강한 사자후와 함께 입구의 바위들이 사방으로 부서져 나갔고 흙먼지가 솟구쳤다. 자야는 강한 충격파에 놀라 뒤로 물러선 채 수련동의 입구를 여전히 쳐다보았다. 긴 사자후가 가라앉고 먼지 사이로 남루한 옷차림의 임초월이 모습을 보였다.

저벅저벅.

그의 발걸음이 무겁게 땅을 밟았고 헝클어진 머리카락 사이로 보이는 눈동자는 충혈된 핏빛이었다.

"사형!"

자야가 놀라 달려갔다. 임초월의 시선이 자야를 향했고 곧 눈을 감았다.

"왜 그러세요? 주화입마에 빠지신 건가요? 무슨 일이에요?"

"별일 아니다. 하산하자."

임초월은 담담한 목소리로 대답 후 먼저 걸음을 옮겼다.

고대신의 죽음은 임초월 자신을 주화입마에 빠지게 할 정도로 대단한 심적 타격을 준 사건이었다. 하지만 다행히

도 주화입마에 빠지기 전 천무심법의 무아지경에 들어 어느새 대성할 수가 있었다.

대성을 했지만 보여 주고 싶은 고대신은 죽은 상태였기에 분노할 수밖에 없었다. 그렇기 때문에 수련동을 부수고 나온 것이다.

긴 시간 목욕을 한 후 깨끗한 백의무복을 입은 임초월은 당당한 사내의 기상이 느껴지는 잘생긴 청년이 되어 있었다.

굵은 눈썹과 꽉 다문 입술은 굳은 의지가 있어 보였고, 맑은 눈빛은 무겁게 가라앉아 있었다.

그의 앞에는 유만세가 앉아 있었다.

'확실히…… 분위기가 달라졌군.'

유만세는 수련동을 부수고 나온 임초월의 모습에 내심 만족한 듯 고개를 끄덕였다.

"교주가 될 생각은 있는가?"

"예."

임초월은 두 마디도 없이 단호하게 대답했다.

"이유는?"

"스승님의 뜻이니까요."

임초월의 대답에 유만세도 굳이 다른 말을 하지 않았다. 임초월은 마음속으로 고대신을 진정 믿고 있었으며 따랐다. 그런데 그가 죽었다고 하니 당연히 분노할 수밖에 없었다. 지금까지 살면서 이처럼 분노의 감정을 가지게 된 것도 처음이었다.

그 마음을 애써 태연하게 감추기 위해 무던히 노력했다.

"고난의 관을 열 것이네. 교주를 선출하기 위한 전통적인 방법이고 총 아홉 개의 관이 있는데 칠관까지는 자네가 무난히 넘길 것 같네. 허나 팔관에는 비사자님이 계시네. 그리고 마지막 구관은 본 교의 최고 장로이신 노장로님께서 기다리시지. 그 모든 관문을 무사히 나온다면 자네는 본 교의 교주가 될 것이네."

"예."

임초월은 여전히 담담한 표정으로 대답했다.

"천무심법(天無心法)은 어느 정도까지 익혔나?"

"돌아가신 스승님이 만족할 수준까지 익혔습니다."

"그게 어느 정도인가?"

"대성입니다."

유만세의 표정이 순간적으로 굳어졌다. 천무심법을 대성했다는 것 자체가 그에게 매우 큰 사건처럼 다가왔다. 믿기어려운 말을 임초월은 아무렇지도 않게 하고 있었다.

임초월은 여전히 담담했지만 눈빛은 차갑게 반짝이는 것 같았다. 임초월의 눈은 교주의 자리가 아닌 다른 곳을 향하고 있었다.

'중원……'

임초월은 고대신을 암살한 범인이 무림맹이라 확신하고 있었다. 그의 칼날은 중원을 향하고 있었으며 교주가 되는 것은 중원으로 가는 길 중 하나라 생각했다.

유만세는 차를 마시며 놀란 속을 달랜 뒤 진중한 표정으로 입을 열었다.

"자네가 천무심법을 대성한 사실에 대해 알고 있는 사람이 또 있나?"

"아직 없습니다. 지금은 총주만이 알고 계십니다."

"자야도 모르는 모양이군?"

"예."

임초월의 대답에 유만세는 곧 생각을 정리한 뒤 다시 말했다.

"천무심법을 대성한 사실에 대해 한동안은 숨기고 있게. 무림에서 삼 푼의 힘을 감추는 것은 당연지사……. 자네가 대성했다는 사실에 대해 많은 사람들이 알아봤자 좋을 것은 없어 보이니 그리하게나."

"그리하지요."

임초월은 유만세가 자신을 생각해서 하는 말이란 것을 잘 알기에 그의 뜻에 따르기로 했다.

"그런데 진정 대성한 것인가? 눈으로 봐야 믿을 터인데…… 그냥 자네가 하는 말만 듣고 믿기는 쉽지가 않네."

스릉!

그의 말이 끝나는 순간 쇳소리와 함께 임초월의 뒷벽에 걸려 있던 유엽도가 뽑히더니 어느 순간 그의 머리 위에 멈춰 서 있었다. 임초월이 오른손을 들어 가볍게 허공에 원을 그리자 유엽도가 그의 손을 따라 움직였고, 한순간에 수십 개의 그림자가 환영처럼 사방으로 퍼져 나갔다.

팟!

은빛 도광이 번뜩이자 어느새 다시 유엽도가 벽걸이의 도집으로 들어갔다.

"도광(刀光)이 난무하는데 아무런 바람이 없다라……. 이기어검에 무음(無音)의 경지라니…… 대단하군."

유만세는 도가 허공을 맴돌 때 아무런 소리도 아무런 바람도 일어나지 않았다는 것에 매우 놀라고 있었다.

"오십 초라면 능히 나를 이기겠군."

유만세는 임초월의 무공이 일취월장(日就月將)했다는 사실에 대해 인정할 수밖에 없었다.

"과찬이십니다."

임초월의 담담한 목소리에 자신감이 가득 차 있다는 것을 이제야 느낀 그였다. 유만세는 고개를 끄덕이며 차를 모두 마신 뒤 다시 찻잔에 차를 따랐다.

"며칠 뒤에 있을 고난의 관에 들어갈 경우 주의해야 할 게 있네."

"무엇입니까?"

"다른 사람들과의 조우네. 그들은 모두 겉으로는 자네와 협력할 것처럼 보일지 모르나 언제 뒤를 칠지도 모르지. 그러니 절대 그들을 믿지 말고 자네의 의지대로 행동하게."

임초월은 유만세의 말에 고개를 끄덕였다.

"예."

"자네가 교주가 되면 좋겠군."

"특별한 이유라도 있습니까?"

임초월의 말에 유만세는 가만히 미소를 보이며 답했다.

"자네라면 본 교를 이끌고 무림맹과 용호상박의 승부를 겨룰 수 있을 것 같기에 한 말이네. 거기다 자네는 본 교에 그 어떤 세력과도 연관이 없지 않은가? 세력을 등에 업고 교주가 된다면 그 교주는 분명 정치적인 교주가 될 것이네. 허나 모두가 인정하는 고난의 관을 이기고 교주가 된다면 본 교의 숙원을 이루기 위해 노력하겠지."

"저는 검산장을 불태우고 무림맹주를 죽여 돌아가신 스승님의 복수를 이룰 것입니다. 그게…… 제가 가장 하고자 하는 일입니다."

임초월의 말에 차가운 살기가 담겨져 있었고 그것을 느낀 유만세는 고개를 끄덕였다.

"좋아, 아주 좋아."

유만세는 유쾌한 듯 미소를 보인 뒤 자리에서 일어섰다.

"나는 이만 가 보겠네."

"예."

유만세가 일어서자 임초월도 일어나 허리를 숙였다. 그가 나가자 자야가 소리 없이 다가와 옆에 섰다. 임초월은 다시 의자에 앉았고 자야는 그의 찻잔에 차를 따랐다.

"고난의 관으로 가기 전까지 제가 옆에 있을게요. 사형에게 도움이 될 거예요."

"고맙구나."

임초월은 자야의 손을 잡았다. 손에서 느껴지는 따뜻한 느낌에 자야의 얼굴에 홍조가 띠었다. 자야의 말은 한시도 옆에서 떨어지지 않겠다는 뜻이었고 그게 어떤 뜻인지 임초월도 잘 알고 있었다.

*   *   *

와아아아!

함성 소리가 무림맹의 거대한 연무장에서 퍼져 나가고

있었다. 녹정원의 거처에 누워 있는 신원은 여전히 몸이 좋지 못한 상태였다. 그렇다고 누워만 있을 수는 없었다. 오늘 가부양과 백무향의 비무가 시작되는 날이기 때문이다.

함성 소리에 일어나 침상에 앉자 모용하가 안으로 들어오다 인상을 찌푸렸다. 손에 든 대야와 수건을 내려놓은 뒤 팔짱을 끼며 말했다.

"뭐하는 거예요? 상처가 다 아물 때까지 누워 있으라는 의원의 말을 잊었어요? 어서 누워요."

"비무는 봐야지."

"봐서 뭐하게요? 어차피 둘의 무공은 알려질 만큼 세상에 알려진 상태잖아요?"

"눈으로 보는 것과 소문은 다르지."

신원의 말에 모용하는 인상을 찌푸리며 다시 말했다.

"그냥 좀 말 듣고 누우라고요!"

퍽!

"억!"

모용하는 저도 모르게 팔로 신원의 가슴을 쳤고 신원은 힘없이 침상에 드러누웠다.

"난 환자라고."

"그래서 뭐 어쩌라고? 그냥 누워 있으라니까."

모용하가 이제는 말까지 놓으며 화를 낸 뒤 누워 있는 신원에게 다가가 다시 말했다.

"지금 소유가 지켜보고 있으니까 걱정 말고 누우세요. 소유는 그래도 눈이 좋으니 두 사람의 비무를 관찰한 뒤 알려 줄 거예요. 제가 가고 싶었지만 신 선배를 혼자 두면 이렇게 나올 것 같아 남은 거예요."

"삼도는?"

"삼도도 지금 보고 있을 거예요."

"쳇!"

신원이 고개를 돌리며 혀를 찼다. 그 모습에 모용하는 미소를 보였다.

"삼도가 있으면 저를 보내려 했겠네요?"

"난폭한 너보다 부드러운 삼도가 낫지."

"난폭해서 미안하군요."

모용하는 대답 후 다시 말했다.

"죽을 가져올게요. 일단 누워 계세요. 일어나면 그 얼굴에 죽을 던져 버릴 테니 그리 아세요. 지금 사형의 상태로 제 손을 피할 수는 없을 거예요."

신원은 그녀의 협박에 깊은 한숨을 내쉬었다. 실제 그녀의 말이 사실이었기 때문이다. 깊은 내상을 입은 탓에 지금은 평범한 범인과 크게 다를 바 없었다.

죽 그릇을 든 모용하가 들어온 것은 얼마 뒤였다. 그녀가 들어오자 신원은 다시 일어나려 했지만 모용하가 머리맡에 앉아 어깨를 눌렀다.

"그냥 있어요. 자, 아아."

"내가 그냥 먹으면 안 될까?"

"닥치고 입 벌려."

"아……."

모용하의 살기에 신원은 반사적으로 입을 벌렸고 죽을 담은 숟가락이 들어오자 눈을 감으며 입을 다물었다.

꿀꺽!

"맛있네."

뜨거운 죽이 목을 넘어 위를 달구자 기운이 조금은 돌아오는 것 같았다. 신원의 말에 모용하는 기분 좋은 미소를 보였다. 그때 방문을 열고 남궁진이 모습을 보였다.

"응?"

남궁진은 신원과 모용하를 쳐다보며 눈을 반짝이고 잠시 걸음을 멈췄다. 모용하는 그가 나타나자 깜짝 놀란 표정으로 자리에서 일어섰다.

"훗!"

남궁진은 기묘한 미소를 보이더니 조심스럽게 문을 닫고 밖으로 다시 나갔다. 그 모습에 모용하가 당황한 듯 죽 그릇을 들고 밖으로 급히 나갔다.

"전 좀 있다 올게요."

"죽은 놓고 가야지!"

신원은 배고픈 마음에 소리쳤지만 모용하는 이미 멀어진 후였다. 곧 문을 열고 남궁진이 다시 고개를 내밀었다.

"들어갈까?"

"들어와."

신원의 대답에 남궁진은 미소를 보이며 들어와 의자에 앉았다.

"무사해서 다행이군."

"다행이지. 죽을지도 모른다는 생각이 문득 들었는 데…… 살았으니 이제는 다음을 생각해야겠지?"

다음이란 말에 남궁진은 고개를 끄덕였다. 그가 말하는 다음은 비무였고, 그것은 곧 정천원의 원주를 의미했다. 남궁진은 궁금한 표정으로 물었다.

"누가 이길 것 같나?"

"예상하기 힘들군."

"내가 보기엔 백무향이 이길 것 같아."

"모르는 일이야. 그것보다 지금은 비무를 봐야지 여기는 왜 온 거야?"

"가는 길에 잠시 얼굴이나 보러 온 것뿐이야. 안색을 보니 크게 걱정할 필요는 없어 보이는군."

남궁진은 곧 자리에서 일어나 밖으로 나갔다. 짧은 시간이지만 충분히 그의 마음을 알 수 있었다. 그가 나가자 모용하가 기다렸다는 듯이 다시 죽 그릇을 들고 들어왔다.

"각주님은 왜 왔데요?"

"내 얼굴 보러."

"그게 전부?"

"그래."

"남자들은 알다가도 모르겠다니까."

　모용하는 고개를 갸웃거렸다. 그저 얼굴만 보러 와서 금방 다시 갔다는 것이 선뜻 이해하기 어려웠기 때문이다.

"사내들은 말보단 눈이고 눈보다 주먹이지. 우린 그런 사이야."

　신원의 말을 들었지만 모용하는 여전히 이해할 수 없다는 표정이었다.

"알았으니까 입이나 벌리세요. 마저 먹어야죠?"

　모용하의 말에 신원은 할 수 없다는 듯 고개를 끄덕였다.

　땅! 따다당!

　금속음이 비무대에서 퍼져 나갔다.

　땅!

　햇살에 반사된 비도가 허공으로 솟구쳤다. 가부양의 신

형은 빠르게 좌측으로 움직였고 그의 뒤로 비도가 허공에서 흔들리듯 따라오고 있었다.

핏!

검기가 가부양의 허리를 양단하듯 날아옴과 동시에 백무향의 신형이 직선으로 곧고 빠르게 다가왔다.

'칫!'

가부양은 전혀 틈을 주지 않는 백무향의 빠른 움직임과 정확성에 혀를 차며 재빨리 신형을 돌려 우장을 내밀었다.

팍!

강렬한 기운이 그의 손에서 빠져나갔다.

쾅!

검기를 와해시킨 장력은 대풍장으로, 그의 성명절기였다. 또한 비도술은 장거리에 유리한 무공이었기에 일정 거리 이상 접근하면 대풍장과 권각술로 거리를 만들어 두었다.

강렬한 충격파가 퍼지자 백무향의 신형이 아주 짧지만 잠시 주춤거렸다. 그 사이 가부양의 머리 위로 비도가 솟구쳤고 그가 좌수를 앞으로 뻗었다.

"흥!"

백무향은 콧방귀를 날리며 정면으로 날아드는 비도를 정확히 눈으로 확인하고 검을 뻗었다.

찡!

검 끝과 비도의 끝이 부딪치자 맑은 울림이 울렸다. 그 순간 그의 머리 위로 비도가 떨어져 내렸다. 섬전도의 절초인 낙뢰섬혼(落雷閃魂)이었다.

지금까지 수많은 무인들이 이 절초에 목숨을 잃었고 아무리 고수라 해도 한쪽 팔을 잃거나 몸에 큰 상흔을 입었던 초식이었다. 하지만 백무향은 잘 알고 있다는 듯 검을 위로 쳐 올렸다.

땅!

금속음과 함께 비도가 허공으로 솟구쳤다. 백무향은 이미 가부양의 모든 초식을 잘 알고 있는 듯 보였고 그는 여유 있게 한 걸음 나섰다. 그 순간 가부양의 입술에 미소가 걸렸다.

백무향의 표정이 굳어졌고 가부양의 오른 손가락이 가볍게 움직였다.

파팟!

바닥에 떨어졌던 비도가 순식간에 백무향의 가슴으로 날아들었다.

"놀지는 않았군."

백무향은 검을 좌우로 움직이며 뒤로 한발 물러났다. 날아들던 비도가 백무향의 검에 부딪치자 금속음을 만들었다.

따당!

가볍게 허공으로 물러선 비도는 다시 바닥에 떨어졌고 가부양은 고개를 끄덕였다.

"놀고만 있었겠나?"

가부양의 말에 백무향은 검을 늘어뜨린 채 내력을 모았다. 그때 백무향의 눈에 바닥에 떨어져 있는 비도들이 보였다. 어느새 가부양의 비도가 주변을 에워싸고 있었다. 포위된 것을 느낀 백무향은 마치 가부양이 비도를 들고 사방에 서 있는 듯한 기분이 들었다.

"자네를 위해 준비했지."

가부양의 눈가에 스산한 살기가 맴돌자 백무향의 신형이 번개처럼 앞으로 한 발 나섰다. 그 순간 가부양의 양손이 교차하며 싸늘한 바람이 휘몰아쳤다.

"사방지옥(四方地獄)."

파파팟!

백무향의 사방에 있던 네 개의 비도가 순식간에 강한 내력을 담은 채 회전하며 쏘아져 왔고, 정면에서는 비도 하나가 또다시 백무향의 앞으로 날아들었다. 거기다 허공에서 다른 하나의 비도가 매섭게 떨어지고 있는 것을 백무향은 감으로 알 수 있었다. 그것은 본능이었고 느낌이었다. 또한 경험에서 나오는 연륜이었다.

"흥!"

백무향은 어쩔 수 없다는 듯 불과 반보 사이의 공간에서 수십 개의 그림자를 만들며 움직였다. 기본적인 반보를 삽시간에 펼치자 마치 수십 인의 환영을 보는 듯했고 동시에 사방에서 강한 빛이 반짝이기 시작했다.

따다다당!

수십 번의 금속음과 함께 살아 있는 비도를 쳐 내던 백무향은 머리 위에서 떨어지는 비도마저 피한 뒤 재빨리 우수를 가부양으로 돌렸다.

핏!

날카로운 백색 선 하나가 반짝였고 가부양의 눈이 커졌다. 미처 피할 겨를이 없었기 때문이다.

"큭!"

그의 입에서 신음성이 흘러나왔고 백무향의 바로 앞에 여섯 개의 비도가 일렬로 늘어선 채 바닥에 앉아 있었다.

웅! 웅!

날카로운 검명에 가부양이 슬쩍 고개를 내리자 자신의 목젖 바로 앞에 멈춰 서 있는 백무향의 검이 보였다.

"이기어검!"

"와!"

"우와아아아!"

외침성과 함께 함성 소리가 울렸고 백무향은 여전히 우수를 앞으로 내민 상태였다. 그의 검은 허공중에 떠 있어서 언제라도 가부양의 목을 뚫을 수 있었다.

가부양의 눈빛이 흔들렸고 그의 늘어뜨린 양손의 손가락이 금방이라도 움직일 것 같았다. 하지만 가느다란 유연사로 연결된 비도는 움직이지 않았다. 그 낌새를 백무향이 모를 리 없었고 허튼짓이라도 보이면 검으로 목을 뚫을 태세였다.

곽위의 옆에 앉아서 구경하던 동황 서서는 자리에서 벌떡 일어섰다. 상당히 놀란 표정이었다. 좀 전의 가부양의 초식은 자신이 직접 창안해 전수한 비장의 한 수이기도 했다. 그런데 그런 초식을 막음과 동시에 이기어검까지 선보이자 놀랄 수밖에 없었다.

"후후후."

태사의에 앉은 곽위의 입가에 미소가 걸리며 낮은 웃음소리가 흘러나오자 서서는 인상을 굳혔다.

"많이 놀란 모양이군? 심장이라도 떨어지셨는가?"

낮은 목소리에 서서는 조용히 의자에 다시 앉았다.

"이 정도일 줄은 몰랐네."

서서는 대답 후 수염을 쓰다듬었고 그의 굳은 표정은 좀

처럼 풀어지지 않았다.

　가부양의 목젖으로 땀이 흘러내렸다. 그 땀방울은 목을
겨누는 백무향의 검 끝에 올라탔고 서서히 밑으로 흘러내
렸다.

　똑!

　바닥에 떨어진 물방울 하나가 시간의 정지를 알리는 것
같았다.

　가부양의 눈앞에서 수많은 과거의 기억들이 스쳐 지나
가고 있었다. 처음 무공을 익히던 그때와 자부심에 가득 차
있던 젊은 시절과 만학관의 기억들…… 그리고 고통을 감
수하며 수련한 그날들이 하나씩 하나씩 사라져 가고 있었
다.

　시간은 천천히 흘렀고 머릿속에 자리 잡은 것은 패배라
는 단어였다. 이 많은 사람들 앞에서 패배를 인정해야 했
다. 패배를 인정해야 하는 자기 자신의 모습이 가장 큰 산
처럼 앞을 막고 있었다.

　"내가…… 졌다."

　가부양의 입에서 어렵게 한마디가 흘러나왔다.

　백무향은 땀방울이 맺힌 얼굴로 가부양을 쳐다보고 있
었다. 그런 그의 귓가에 승패를 결정짓는 한마디가 전해지

자 입가에 미소가 걸렸다.

핏!

백무향의 검이 섬광처럼 가부양의 목젖을 벗어나 그의 손으로 빨려 들어왔다.

"와아아아아!"

사람들의 함성 소리가 무림맹이 떠나갈듯 울려 퍼지고 있었다. 비무를 구경하던 사람들은 백무향이 이겼다는 사실에 흥분했고 그의 무공이 이기어검까지 다룰 정도로 높다는 것에 놀라워했다.

고개를 숙이고 패배감에 젖어 있던 가부양은 사람들의 함성 소리에 고개를 들었다. 그의 눈에 신형을 돌린 채 사람들에게 인사하는 백무향의 모습이 보였다.

가부양의 손이 움직였다. 비도는 소리 없이 허공을 날았고 찰나의 순간 백무향의 목을 뚫었다.

퍽!

둔탁한 소리와 함께 백무향의 목젖을 뚫고 나온 비도의 날카로운 도날이 피를 머금은 채 반짝였다.

사람들의 눈이 휘둥그레 커졌고 시간이 정지하듯 삽시간에 모든 것이 멈춘 것 같았다. 눈을 부릅뜬 백무향이 신형을 돌리려 했지만 육체가 말을 듣지 않는 듯 어깨를 떨어야 했다.

손을 앞으로 내민 채 백무향을 보던 가부양은 순간적으로 모든 것이 눈에 들어온 듯 눈을 부릅떴다.

"내…… 내가……."

자신이 지금 무슨 짓을 했는지, 어떤 행동을 했는지에 대해 지금에서야 깨달은 듯 몸을 떨기 시작했다.

털썩!

자신도 모르게 다리에 힘이 빠진 듯 가부양은 바닥에 털썩 주저앉았다.

"이…… 이럴 수가…… 이건……."

가부양은 떨리는 몸으로 백무향을 쳐다보았다.

백무향은 혼미해지는 정신으로 멍하니 앞을 쳐다보고 있었다. 그런 그의 눈에 자신을 바라보는 냉소소의 얼굴이 보였다.

"소……."

자신도 모르게 입을 열어 그녀를 부르려 했지만 목소리는 더 이상 흘러나오지 않았고 시야는 점점 흐려지기 시작했다.

"아악!"

"안 돼!"

비명성과 외침이 터져 나옴과 동시에 백무향의 신형이 앞으로 쓰러져 갔다.

파팟!

사람들의 머리를 타고 냉소소의 신형이 백무향을 향했고 바닥에 닿으려던 그를 붙잡았다.

"사형!"

냉소소의 큰 목소리가 연무장에서 울렸다. 백무향을 안아 들었지만 이미 그의 체온은 차갑게 식은 뒤였고 더 이상 그의 심장소리는 들리지 않았다.

"사형! 사형! 눈을 뜨세요!"

백무향을 흔들며 냉소소는 크게 외치고 있었다. 그 모습이 수많은 사람들의 눈에 들어오고 있었다. 그때 바람 소리와 함께 서서가 가부양의 옆에 나타났다.

"스승님……."

가부양은 멍한 눈으로 자신의 옆에 나타난 서서를 쳐다보았다.

"제가…… 도대체 무슨 짓을 한 것이죠?"

가부양이 자신의 손을 쳐다보며 도대체 지금 일어난 일이 무엇인지 알려달라는 듯 중얼거렸다. 그때 서서의 손이 가부양의 정수리를 만졌다.

서서의 표정은 차가웠고 그의 눈빛은 한없이 슬퍼 보였다.

"미안하구나."

서서의 낮은 목소리와 함께 그의 손에 힘이 실렸다.

"컥!"

가부양의 눈이 튀어나올 듯 커졌고 그의 전신이 크게 흔들리더니 오공에서 피가 흘러나오기 시작했다.

서서는 어금니를 깨물며 애써 고개를 돌렸다. 가부양의 신형이 힘없이 바닥에 쓰러졌다. 그 모습에 자리에서 일어선 곽위가 연무장으로 걸음을 옮겼다.

서서가 고개를 돌려 곽위에게 말했다.

"내 제자도 죽었네. 이 일은 여기서 마무리 짓는 것이 어떻겠는가?"

곽위는 말없이 살기를 보였다. 서서가 다시 말했다.

"우리 가문도 오늘부로 강호에서 은퇴할 것이고 나 역시 무림을 떠나겠네."

연무장에 올라온 곽위가 걸음을 멈췄고 서서는 곧 가부양의 시신을 안아 들고 빠르게 사람들의 머리를 넘어 무림맹을 빠져나갔다.

곽위는 굳은 표정으로 냉소소와 죽어 있는 백무향을 쳐다보다 곧 그 앞에 다가가 백무향의 시신을 안았다.

"스승님."

냉소소의 목소리에도 곽위는 입을 열지 않았다. 그는 그저 어금니를 깨문 채 아픔을 참는 것처럼 보였다.

둥! 둥! 둥!

북소리가 울렸고 무림맹의 무사들이 연무장을 에워쌌다.

그리고 사람들은 소리 없이 연무장을 벗어나기 시작했다.

第二章

변화하는 무림

　　가부양과 백무향의 비무에 대한 이야기는 강호에 삽시간에 퍼져 나갔다. 그들의 비무는 무림의 큰 비극이자 크나큰 손실이기도 했다.

　　무림의 분위기는 침체되었고 그들의 죽음을 애도했다.

　　누워 있는 신원을 방치한 채 세 명의 청년들이 그의 내실에 앉아 있었다. 그들은 남궁진과 이검영, 그리고 모용혁이었다. 다른 곳보다 이곳이 대화를 나누기 좋았고 서로에게 편한 장소였기에 함께 있었다.

　　"이번 사건은 비극이군."

　　"비극이 아니라 계획된 살인이 아닐까?"

"자기 목숨을 버리면서 살인을? 그건 아니야."

남궁진의 말에 모용혁이 물었고 이검영이 고개를 저었다. 남궁진은 조용히 다시 말했다.

"이번 사건으로 맹주님은 팔 하나를 잃어버린 꼴이 되었어."

남궁진의 말에 모두들 수긍하는 표정으로 고개를 끄덕였다. 백무향은 누구보다 맹주에게 충성심이 높은 인물이었다. 곽위 역시 친자식들보다 백무향을 더욱 신뢰하고 있었다. 그것은 누구나 다 아는 사실이었다.

그런데 그런 백무향이 죽은 것이다. 남궁진이 다시 말했다.

"맹주님은 이번 일로 충격이 크신지 칩거하신 상태라더군."

"그래? 맹주의 자리를 공석으로 오래 비워 두는 것은 좋지 못한데……."

모용혁이 이맛살을 찌푸리며 대답했다.

"백무향의 장례는 검산장에서 치러질 예정이라 시신을 옮기는 중인데…… 그것보다 누가 과연 백무향을 대신할지가 궁금하군?"

이검영이 중얼거리며 친구들의 의중을 물었다. 남궁진이 바로 대답했다.

"검산장에서 사람이 나올 것 같은데…… 검산장에 고수가 없는 것도 아니지 않은가? 물론 백무향을 대신할 정도의 인물은 없을지 모르나 빈자리가 생기면 새로운 사람이 나타나기 마련이야."

"그러니까 그 사람이 누구일지 생각하자니까."

"아무나 오겠지."

모용혁의 말에 이검영이 미소를 보이며 대답했다. 그는 곧 다시 말했다.

"지금 우리가 맹주님의 오른팔에 대해 걱정할 필요가 있을까? 우리가 걱정할 건 신원이야. 가부양과 백무향이 모두 죽은 지금 정천원의 원주가 될 사람은 이제 신원만이 남았는데 과연 쉽게 그 자리를 신원에게 줄까? 장로원이 꽤 바쁠 것 같은데 말이야……."

이검영의 말에 남궁진은 침중한 표정으로 고개를 끄덕였고 모용혁은 미소를 보였다.

"걱정할 게 있어? 어부지리를 제대로 얻었는데? 이변이 없는 이상 신원에게 그 자리가 돌아갈 거야."

"장로원의 결정을 기다려 보자고."

이검영이 대답했고 남궁진이 말했다.

"마교의 힘은 커지고 있는데 무림맹의 힘은 약해지고 있어……. 걱정이군. 난세가 도래하려는 것일까?"

"이게 어쩌면 우리에게 기회가 될지도 몰라."

"기회?"

남궁진의 말에 이검영이 대답했고 모용혁이 궁금한 표정을 보였다. 이검영은 다시 말했다.

"우리가 새로운 무림을 만들 수 있는 기회."

이검영의 말에 모두의 표정이 굳어졌다.

드륵!

"시끄럽게 왜 여기서 떠들고 그래요? 떠들 곳이 없으세요? 왜 하필 환자가 있는 여기서 떠드는지 원."

모용하가 한심하다는 듯 팔짱을 끼고 눈을 부릅뜬 채 말했다. 하지만 모두들 그녀를 무시하는 듯 그녀의 말에는 대답도 없었고 모용혁만이 슬쩍 시선을 던졌다.

"원이는?"

"자요."

"나 일어났다."

신원의 목소리가 들렸다. 그러자 모두들 우르르 자리에서 일어나 침실로 향했다. 모용혁이 슬쩍 모용하에게 말했다.

"넌 나가 있어."

"나? 나보고 나가라고?"

"오라비들이 긴히 할 말이 있으니까 그러지. 눈치가 없어, 어서 나가."

드륵!

모용혁이 모용하를 쫓아내고 문을 닫았다. 문밖에서 모용하가 외쳤다.

"오라비가 아니었어도 넌 한주먹감이야! 저녁 가져올 때까지만 있어!"

모용하의 외침과 함께 그녀의 발소리가 멀어지자 모용혁이 미소를 보였다.

"귀여운 녀석."

"확실히 예쁘지."

이검영도 고개를 끄덕였다.

남궁진은 신원의 옆에 앉았고 모용혁은 침상 끝에 앉았다. 이검영은 대충 벽에 기대어 선 채 신원을 쳐다보았다.

반쯤 일어나 앉은 신원은 모두의 얼굴을 보자 기분 좋은 미소를 보였다.

"이야기는 들었지?"

"뭐? 비무?"

"그래."

이검영의 물음에 신원은 고개를 끄덕였다. 모용혁이 미소를 보였다.

"정천원주가 된 것을 미리 축하하지."

"어부지리라 축하받을 일은 아닐 거야."

"틀린 말은 아니군."

모용혁은 이해하는 표정을 보였다. 신원이 다시 말했다.

"이렇게 모였으니 이 기회에 확실하게 말하는 게 좋겠어."

"무슨?"

"내 계획."

신원은 미소를 보였고 모두들 궁금한 표정을 보이자 다시 말했다.

"내 계획은 십 년 안에 진이를 무림맹의 맹주로 앉히는 거야."

"……!"

"오."

"좋군."

모두들 놀란 표정으로 대답했다. 남궁진은 굳은 표정으로 신원을 쳐다보았다. 모용혁은 즐겁다는 표정이었고 이검영은 턱을 쓰다듬으며 고개를 끄덕였다.

"나쁘지 않은 계획이야."

"내 의지는?"

남궁진의 물음에 모용혁이 말했다.

"진이 맹주가 되면 군림회가 무림을 장악할 것이고 우리 모용세가의 입지도 더욱 커지겠지. 거기다 강북까지 시장을 넓혀 나간다면 더욱 큰 금은보화를 가지게 되겠어."

"내 생각은?"

남궁진의 물음에 이검영이 대답했다.

"기회가 된다면 우리 중에 무림맹주가 나오는 것도 나쁘지 않지. 젊은 피로 무림을 바꾼다라……. 매우 기대되는군."

"그러니까 내 생각과 내 의지는?"

"맹주가 되고 싶었잖아? 좀 더 빨리 그 자리에 오르자고."

신원의 말에 남궁진은 굳은 표정을 보였다.

'적어도 이십 년에서 삼십 년은 보고 있었는데…….'

남궁진은 맹주가 되고 싶은 마음이 큰 편이었고 그렇기 때문에 무림맹에 들어온 것이다. 그런데 신원이 십 년 안에 그 자리에 오르자고 제안하자 복잡한 심경이 되었다.

"맹주라…… 앉고 싶은 자리지."

"내가 정천원의 원주가 되면 남궁진의 입지도 커질 것이고, 모든 것은 순서를 밟아 오르게 되어 있어. 무림맹주인 곽위는 현재 이빨 빠진 호랑이…… 장로원이 그를 버릴 경우 교체는 더욱 빨리 이루어질 거야."

신원의 말에 모두의 눈빛이 달라졌다. 신원은 다시 말했다.

"검영이는 정천원의 부원주가 되어야겠어."

"내가?"

"그래…… 네가 부원주가 돼서 정천십대 중 절반인 오대 정도를 천기문의 무사들로 채워."

"놀라운데…… 정말?"

이검영이 신원의 말에 놀랍다는 듯 미소를 보였다. 그의 말은 곧 정천원의 절반을 준다는 것과 같았기 때문이다.

"혁이는 내당을 맡아."

"물자나 담당하라는 뜻이군?"

"맞아."

정천원의 모든 물자를 담당하라는 그의 말에 모용혁은 고개를 끄덕였다.

"그런데 아직 정천원의 원주가 된 것도 아닌데 너무 섣부른 말이 아닐까?"

남궁진의 말에 신원은 미소와 함께 대답했다.

"현 강호에서 나를 제외하고 그 자리에 앉을 사람은 없어. 그건 맹주님과 장로원도 모두 아는 사실이야."

그의 말에 모두들 침묵했다. 그의 말이 사실이었지만 원주의 의자에 앉기 전까지 긴장해야 했다.

"이번 사고로 네가 정천원의 원주가 못 될 수도 있지 않을까?"

이검영이 불안한 듯 묻자 신원은 손을 저었다.

"아니, 그렇지 않아. 내가 정천원의 원주가 된다 해도 맹주님과 장로원은 크게 상관없다고 생각할 거야. 이유가 있다면 내겐 아무것도 없기 때문이지. 든든한 세력도…… 집안도…… 아무것도 없기 때문에 내가 정천원의 원주가 된다 해도 허수아비라고 생각할걸? 정천원의 전력이 구할 가까이 사라진 지금 그들은 자신들의 사람들로 그 공백을 메우겠지. 그전에 내가 원주가 되는 순간 선수를 쳐서 너희들을 끌어들여야지."

"알겠어. 아버님께 미리 말해 놓지."

"만년 백수처럼 놀고먹는다고 뭐라 하는 아버님께 일 좀 한다고 해야겠군……. 장가나 가라고 성화셨는데 잘되었어. 후후."

이검영과 모용혁이 미소를 보였다.

"나는?"

남궁진의 물음에 신원이 답했다.

"공정각에 있어야지. 당분간은 그곳에서 때를 기다리고 있어. 어차피 그럴 생각이었잖아?"

"여우 같은 놈."

남궁진이 미소를 보였다. 그의 말처럼 특별히 움직일 생각은 없었기 때문이다.

"하지만…… 나도 아버님께 내 뜻을 전하긴 해야겠지?"

"물론."

남궁진의 말에 신원은 고개를 끄덕였다. 남궁가의 힘이 남궁진에게 모여야 했기 때문이다.

"분명 지금은 슬프고 비통한 일이 일어났지만 그것보다 신성교의 교주가 누가 되느냐가 중요한 문제야."

"그 문제도 있었군."

이검영의 말에 신원은 다시 말했다.

"만약 호전적인 인물이 교주가 된다면…… 강호는 한동안 피에 젖겠지……."

"흠……."

모두들 굳은 표정을 보였다. 신원의 말이 틀린 것은 아니기 때문이다. 모용혁이 자리에서 일어나며 말했다.

"오늘은 이만 가 보도록 하지."

"푹 쉬어."

이검영도 모용혁과 함께했고 남궁진이 일어섰다. 그때 문밖에서 모용하가 외쳤다.

"저녁 가져왔어요!"

"알았어. 갈게."

모용혁이 답한 뒤 문을 열고 나갔고 그 뒤로 이검영이 나섰다. 남궁진은 신원을 향해 시선을 던지며 말했다.

"며칠 뒤 다시 모이자고."

"준비해 줘."

신원의 대답에 남궁진은 고개를 끄덕인 뒤 밖으로 나갔다. 그가 나가자 기다렸다는 듯이 모용하가 죽 그릇을 들고 들어왔다.

"오늘은 용봉쌍화죽이에요. 느끼함의 극치지요."

모용하가 웃으며 말했지만 신원은 순간적으로 안색을 바꿔야 했다. 맛이 없기로 유명한 이름이 그녀의 입에서 나왔기 때문이다.

"고문할 생각이냐?"

"흥!"

모용하는 콧방귀를 날리며 가까이 다가와 앉았다.

진한 체향은 달콤했고 피부로 느껴지는 촉감은 따뜻하면서 매끄러운 떡을 만지는 듯했다. 손을 타고 흐르는 느낌은 금방 만든 두부보다 부드러워서 본능적으로 손으로 움켜쥐었다.

"음…… 냐…… 쩝!"

나지막한 목소리에 저도 모르게 가만히 눈을 떴다.

눈앞에는 아름다운 미인이 깊은 잠에 빠진 듯 누워 있었다. 가느다란 숨소리가 붉은 입술을 타고 흘러나왔다.

"헉!"

신원은 놀라 벌떡 일어나 앉았다. 무의식중에 만진 가슴에서 손을 거둔 그는 깊은 잠에 빠져 있는 남소유의 얼굴을 쳐다보며 인상을 찌푸렸다. 도대체 어디에서, 어떻게, 왜 자신의 침상에 그녀가 누워 있는지 궁금했지만 깨울 수가 없었다.

저벅! 저벅!

귀신같은 발걸음 소리에 신원은 놀라 문 쪽을 바라보았다.

드륵!

문이 열리고 침의를 입은 모용하가 모습을 나타냈다. 그녀는 침상에 누워 있는 남소유를 발견하고 그럴 줄 알았다는 듯 한숨을 내쉬며 다가왔다.

척!

재빨리 남소유를 어깨에 걸친 그녀는 아무 일도 아니라는 듯 밖으로 나갔다.

드륵! 쿵!

문을 닫은 후 발걸음 소리가 잦아들었고 신원은 황당한 표정으로 눈을 부릅떴다. 침의를 입은 모용하의 상반신이 그대로 눈에 들어왔기 때문이다. 거기다 남소유의 침의를 입은 모습도 눈에서 아른거렸다.

"안 돼!"

신원은 소리치며 고개를 흔들었다. 그리고는 얼른 이불을 덮고 잠을 청했다. 하지만 두 사람의 모습이 머릿속에서 생생하게 남아 새벽이 될 때까지 사라지지 않았다.

아침을 먹는 자리에 모용하와 남소유가 함께 앉아 있었다. 신원은 두 사람을 멍하니 쳐다보며 젓가락을 들었지만 밥이 잘 넘어가지 않았다.

"왜 그래요? 어디 아파요?"

남소유가 밥을 먹다 환자처럼 멍하니 쳐다보는 신원에게 물었다. 신원은 그 말에 젓가락을 내려놓았고 그 소리에 두 사람의 시선이 그를 향했다. 모용하가 물었다.

"신 선배. 아직 입맛이 안 돌아왔어요?"

"이것 봐. 둘 다 왜 그렇게 여기에 붙어 있는 건데? 할 일 없어?"

"저는 이미 신 선배와 함께하기로 마음먹고 공정각을 나온 지 오래예요."

"이하동문."

신원의 물음에 모용하는 당연하다는 듯 대답했고 남소유도 고개를 끄덕였다. 신원은 그녀들의 대답에 한숨을 내쉬며 이맛살을 찌푸렸다. 모용하가 다시 말했다.

"거기다 앞으로 정천원의 원주가 될 몸이에요. 당장에
신성교에서 신 선배를 죽이려 할지도 몰라요. 그러니 이 녹
정원의 경비를 강화하고 저희 둘은 딱 달라붙어서 호위해
야 해요. 신 선배에게 악한 마음을 먹고 있는 사람이나 무
리가 있다면 지금이 신 선배를 죽일 수 있는 절호의 기회
잖아요? 아니에요? 그러니 불평 말고 그냥 이대로 지내세
요."

"등 뒤에서 완전히 들러붙을 작정이군."

신원이 투덜거리듯 대답하자 남소유가 웃었다.

"정천원의 원주가 되실 분께서 한낱 아녀자를 두려워하
는 건가요?"

"그래. 너희 둘은 두렵다, 두려워. 아무튼 너희 둘도 내
편이 되어 준다고 하니 기분은 좋네. 믿을 수 있는 사람이
두 사람 더 늘어났으니 말이야."

"자부심을 가져도 될 거예요. 우리는 그냥 여자가 아니
라 강호에서도 명성 높은 여자들이라고요. 뛰어난 미모에
뛰어난 집안과 무공까지 어디하나 빠질 게 없는 여자라고
요."

남소유가 손으로 자신의 얼굴을 쓰다듬으며 요염한 눈빛
을 던졌지만 신원은 피식거릴 뿐이었다.

"알았으니까, 그만하고 밥 먹자."

신원은 손을 저으며 밥그릇을 들었다.

*   *   *

터벅! 터벅!

무거운 발걸음으로 빛이 보이는 동굴의 입구를 향해 걸어갔다. 그의 손에는 도날이 조각나 이빨이 빠진 투박한 유엽도가 들려 있었고 입고 있는 옷은 여기저기 찢겨져 있었다.

머리카락은 봉두난발처럼 휘날렸지만 그 사이로 보이는 눈빛은 차갑게 반짝이고 있었다. 몰골은 별 볼 일 없어 보였지만 눈빛만큼은 살아 있었다.

빛이 스며드는 동굴의 입구를 벗어난 그의 눈에 넓은 들판과 산들이 보였다. 냇물이 보였고 냇물의 끝에는 작은 연못이 있었다.

그리 크지 않은 분지에 다다른 그는 천천히 연못으로 향했다. 연못의 옆에 작은 초가가 보였기 때문이다.

초가에 다다르자 문을 열고 나오는 한 사람이 그의 눈에 보였다. 그는 큰 키에 다부진 어깨를 가진 삼십 대의 장년인이었다. 남색무복을 입은 그는 접근하기 힘든 기운을 내

뽑고 있었다.

"임초월입니다."

임초월은 포권하며 허리를 숙였다. 눈앞의 상대가 누구인지 똑똑히 알기 때문이다. 현 신성교 최고의 고수이자 전 강호를 통틀어서 그보다 강한 자는 없을지도 모른다고 생각하는 인물이 서 있었다.

자신이 아는 한 눈앞의 인물은 최고의 고수였다. 그는 비달이었다.

"오랜만이군."

"예."

비달의 말에 임초월은 짧게 대답했다.

"좀 쉬게."

비달은 의자를 하나 가져와 앉았다. 임초월은 그 모습에 도를 땅에 박은 채 앉은 뒤 운기조식을 하기 시작했다. 비달은 그 모습을 흐뭇한 표정으로 가만히 지켜보았다.

임초월은 소주천을 한 뒤 눈을 떴다. 반 시진의 시간 동안 이루어진 소주천이었지만 그것만으로도 이미 아까보다 훨씬 몸이 가벼워졌다.

해는 중천에 떠 있었고 바람은 선선하게 불고 있었다.

"기분이 좋습니다."

"그런가? 나도 기분이 좋아."

비달은 가만히 미소를 보이며 고개를 끄덕였다. 그때 비달의 옆으로 사순이 모습을 보였다. 그녀가 어떻게 어디서 나타났는지 임초월은 보지도 못 하였다.

"칠관을 돌파한 사람은 우리 임 군뿐이에요."

"우리 임 군?"

비달이 사순의 말에 인상을 찌푸렸고 임초월은 볼을 긁적였다. 임 군이란 말이 조금은 부끄럽게 들렸기 때문이다.

"그럼 손자 같은 녀석에게 임 군이라 부르지 뭐라 부를까요?"

"뭐 됐어. 알았으니까 가 봐."

비달이 귀찮다는 표정으로 손을 저었고 사순은 임초월에게 말했다.

"백 초 정도는 충분히 견딜 배포는 있겠지?"

"충분합니다."

임초월의 자신감 가득 찬 대답에 사순은 만족한 듯 소리 없이 뒤로 사라졌다. 그녀가 없어지자 비달은 흥미롭다는 듯 일어섰다.

"나와 백 초 이상 겨룬다면 구관으로 넘어가게 해 주겠네."

"알겠습니다."

"최선을 다해야 하네."

"예."

비달의 말에 임초월은 자신 있게 대답한 뒤 도를 집어 들었다. 비달은 미소와 함께 손을 들었다.

슈아악!

강렬한 바람 소리와 함께 커다란 상자가 그의 손에 잡혔다. 상자의 덮개를 열자 검의 손잡이가 보였고 임초월의 표정이 굳어졌다.

"시작하지."

"예."

파팟!

두 개의 검이 허공을 가르고 임초월의 안면으로 날아들었다.

콰쾅!

작은 공터에는 주작신군 송지홍과 자야가 서 있었고 그녀들 사이에 신성교의 최고령자이자 가장 웃어른인 장로 노당이 앉아 있었다. 노당은 수염을 쓰다듬으며 눈앞에 보이는 대나무 숲을 쳐다보고 있었다.

쿠쿵! 쾅!

꽤 먼 거리에서 육중한 소음과 폭음이 동반된 채 지축이 흔들리자 노당의 눈이 반짝였다.

"꽤나 격렬하게 싸우는 모양이야."

"그런 것 같아요."

노당의 말에 송지홍이 고개를 끄덕였다.

"비달 녀석도 젊은 놈을 상대하려면 체력 좀 소모하겠군. 네가 볼 때 임초월이란 아이는 어떤 것 같은가?"

노당의 시선이 닿자 송지홍은 자신이 생각을 솔직하게 말했다.

"아직 신성교를 잘 이끌어 줄지 그건 저도 모릅니다. 하지만 남자로서 그는 여자에게 매력이 있는 자입니다. 우리 자야와도 잘 어울리고요."

송지홍의 말에 자야의 얼굴이 붉게 변했다. 노당은 그 말에 놀란 듯 시선을 돌려 자야를 쳐다보다 그녀의 얼굴에 홍조가 어리자 기분 좋은 표정을 보였다.

"네 얼굴을 보아하니 벌써 둘은 정분이 통한 모양이구나? 허허허!"

노당이 수염을 쓰다듬으며 크게 웃자 자야는 더욱 붉어진 얼굴로 부끄러운지 고개를 숙였다.

쾅! 쾅!

또다시 폭음이 들리며 지축이 흔들리자 노당의 눈동자가 반짝였다. 거의 끝이 나는 것 같았기 때문이다.

비달의 검이 허공으로 튕겨 나갔지만 그의 표정은 변화가 없었다. 오히려 커다란 중검을 손에 쥐고 빠르게 임초월을 찔러 갔다. 간단한 선인지로의 일초식이었고 곧게 쭉 뻗은 검날과 비달은 마치 하나의 몸처럼 신검합일(身劍合一)을 이루고 있었다.

쉬이익!

공간을 가르고 다가오는 비달의 모습에 임초월을 마치 태산이 밀려오는 듯한 착각이 들었다. 그의 무공 수위는 자신의 상상한 만큼이나 대단했다. 직접 몸으로 부딪쳐 보자 그 무서움을 실감할 수 있었다.

과거의 자신이라면 겁을 먹고 뒤로 물러설 수도 있었다. 아니, 일초를 보는 순간 엉덩방아를 찧으며 주저앉았을 것이다.

그런데 벌써 구십여 초나 그의 검을 받아 내고 있었다.

'위기다.'

지금까지 구십여 초를 받아 내면서 지금의 일초가 가장 큰 위협이란 것을 임초월은 본능적으로 알았다. 간단한 초식일수록 그다음의 수를 예측하기가 어렵기 때문이다. 더욱이 상대는 비달이었다. 그의 선인지로에 담겨진 힘은 미증유였고 전 강호에 그의 초식을 받아 낼 사람은 없을 듯 보였다.

그렇다고 가만히 당할 수는 없었다. 그의 초식 자체를 봉쇄해야 했기에 임초월은 천무심법을 극성으로 끌어 올리며 도를 들었다. 그의 도가 회색으로 타오르자 비달은 그것이 도강이란 것을 알았다.

"멋지군."

비달은 낮은 목소리로 중얼거렸다. 그의 도강이 만들어 낸 순수한 내력의 회색빛이 마치 강함만을 추구하는 무인(武人)을 보는 것 같았기 때문이다.

도강의 빛이 세상을 집어삼키듯 비달을 덮쳤다.

쾅! 쾅!

강렬한 빛과 서로 다른 내력의 소용돌이가 광풍이 되어 사방으로 휘몰아쳤다. 그 폭풍 사이로 비달의 신형이 뒤로 십여 장이나 밀려나갔고 임초월의 신형 역시 이십여 장이나 밀려 나갔다.

초식이 없는 무초식의 무식한 대응이었지만 그 대응이 정답이라도 된 듯 비달의 공세를 막을 수가 있었다. 이미 초식의 수준을 넘어선 둘이었다.

십여 장이나 밀려난 비달은 자신이 땅에 그린 두 가닥 긴 선에 놀란 듯 눈을 크게 떴다. 지금까지 이렇게 땅에 두 발로 서서 십여 장이나 밀려나 본 적은 오십 년 만에 처음이었다. 천무심법을 대성했다는 말이 사실로 보였다.

주륵!

임초월의 이마 사이로 땀방울이 흘러내렸다. 소매를 들어 이마를 훔친 그는 도를 늘어뜨린 채 조용히 호흡을 가다듬었다. 언제 다시 비달이 공격해 올지 모르기 때문이다.

비달은 중검을 어깨에 걸치며 미소를 보였다.

"좀 지치는군."

"저는 아직 할 만합니다."

임초월의 대답이 낮게 울리며 비달이 있는 곳까지 들어갔다. 삼십여 장의 거리에서도 충분히 목소리가 전달되는 두 사람이었다. 그만큼 내공의 바탕이 되어 있는 사람들이었다.

"젊어서 좋아."

비달은 가볍게 미소를 보였다. 하지만 임초월의 실력을 인정하는 미소이기도 했다. 그가 지친다는 뜻은 임초월을 인정한다는 뜻이기도 했다.

"마지막을 보도록 하자."

파팟!

말과 함께 비달의 왼손이 올라가자 다섯 개의 검이 그의 머리 위로 솟구쳤다. 그 검은 마치 허공중에 팔이라도 달려 있는 듯 그의 머리 위에 구름처럼 둥둥 떠 있었다.

"좋습니다."

임초월의 표정은 한없이 차갑게 굳어졌고 그의 신형이 순간 마치 활시위를 떠난 화살처럼 맹렬한 속도로 비달을 향해 날아갔다.

쉬아아악!

공간을 가르는 바람 소리가 사방으로 몰아쳤다. 비달은 휘날리는 머리카락 너머로 다가오는 임초월의 모습이 마치 젊을 때 자신을 보는 듯한 착각이 들었다. 그의 입가에 미소가 걸렸고 그의 왼손이 앞으로 뻗었다.

파파팟!

다섯 개의 검이 다섯 개의 별점을 점하고 회오리치듯 날아들었다. 임초월은 그 정면으로 불타는 유엽도와 함께 날아들었다.

콰쾅!

지축을 울리는 진동 소리와 함께 마치 아무 일도 없었다는 듯이 찾아온 고요함에 노당은 팔관의 시험이 끝났다는 것을 알았다.

송지홍이 입을 열었다.

"너무 조용하네요. 끝난 걸까요?"

"그래."

노당은 조용히 대답했고 수염을 쓰다듬으며 다시 말했

다.

"비달을 넘었다면 본 교의 교주로서 갖춰야 할 무공은 갖춘 것이지."

노당의 말에 자야와 송지홍은 고개를 끄덕였다.

'크게 다치지 않았을까?'

자야는 걱정스러운 표정으로 오솔길을 쳐다보고 있었다. 저 길에서 비달이 아닌 임초월이 나타나길 바라고 있었다. 비달이 나타나면 임초월은 실패한 것이 된다.

저벅! 저벅!

풀밭을 지나치는 발걸음 소리가 조용히 오솔길 사이로 흘러나오기 시작했다. 그 소리에 자야는 긴장한 표정이었고 송지홍은 발소리가 무겁다는 것에 비달이 아니라는 생각이 들었다.

"비달을 넘었군."

노당은 미소를 보이며 말했다.

그의 말이 끝나는 순간 저 멀리서 헝클어진 머리카락에 남루한 옷차림을 한 임초월이 모습을 보였다. 손에는 유엽도를 들고 있었는데 도는 반이 부러진 상태였다. 비달과의 싸움에서 도신의 반이 부러진 것이다.

그렇다고 도를 버릴 수는 없었다. 손에 익을 대로 익은 분신과도 같은 도였기 때문이다. 그 도를 들고 터벅터벅 노당을 향해 걸었다.

　작은 공터에 도착한 임초월은 처음 보는 노당을 향해 가볍게 포권했다. 본능적으로 그가 노당이란 것을 느낀 것이다.

　"임초월입니다."

　"피곤할 테니 운기라도 좀 하게. 내 기다리지."

　"예."

　임초월은 대답 후 앉아 눈을 감았다. 그의 무릎 위에는 반 부러진 유엽도가 올려져 있었다.

　가벼운 바람이 불었고 시원한 산속 공기가 폐부를 자극하고 있었다. 시간은 유수와 같이 흘러 일다경이란 시간도 눈 깜짝할 사이에 지나갔다.

　조용히 눈을 뜬 임초월의 눈빛은 그 사이에 살아나 있었고 그의 기도 역시 좀 전과 달리 단단해져 있었다.

　노당은 그 모습에 만족한 표정을 보였다.

　'칠관을 통과 후 비달과 비무를 한 상태에서도 저 정도의 기도를 내뿜다니…… 과연.'

　문득 고대신이 사람은 잘 뽑았다는 생각도 들었다.

　"내가 구관에 있는 이유는 자네와 비무를 하기 위함이 아니네."

　"어떤 이유입니까?"

"대화나 나누면서 소소하게 시간을 보내기 위함이지. 그렇다고 긴장의 끈을 놓지는 말게. 인성을 보는 것뿐이니 말일세."

"예."

임초월은 대답 후 도를 도집에 넣었다. 노당이 싸울 의지가 없다는 것을 잘 알았기 때문이다.

노당은 이미 임초월에 대한 모든 자료를 받아 본 상태였다. 그리고 다른 사람의 눈에 비췬 그에 대해서도 폭 넓게 들은 뒤였다. 하지만 그가 과연 신성교를 이끌어 갈 그릇인지 아닌지는 자신이 판단해야 했다.

그가 나가는 방향에 따라 신성교의 미래도 결정된다고 봐야 했다.

"자네는 선(善)인가 악(惡)인가?"

임초월은 노당의 물음에 별다른 생각 없이 대답했다.

"가슴은 선이었으나 머리는 악이 된 듯합니다."

그의 대답은 애매했고 쉽게 이해하기 어려웠다. 노당이 물었다.

"무슨 말인가?"

"가슴은 교주가 되기를 갈망하는데 머리는 복수를 꿈꾸기 때문입니다."

"복수라…… 피를 보고 싶다는 말이로군?"

"그렇습니다. 그 일에 본 교를 끌어들이고 싶지는 않습니다."

임초월의 말이 무슨 말인지 노당은 이해하고 있었다. 송지홍 역시 이해했고 자야도 고개를 끄덕였다.

임초월은 고대신의 복수를 하고자 했다. 또한 가족에 대한 복수도 꿈꾸고 있었다. 그의 복수의 대상은 분명 무림맹과 검산장이었다. 그 일에 신성교를 끌어들여 쓸데없는 분쟁을 만들고 싶지 않았다.

'내 복수는 내가 이룬다.'

임초월은 자신감이 있었고 지금의 자신이라면 만군의 병사라도 두렵지 않았다.

"혼자서 온 천하를 상대할 수 있다고 보는 건가?"

"천하를 혼자서 상대할 수 있는 사람은 없을 것입니다. 하지만 전 혼자서라도 천하를 상대할 것입니다."

"허허허허!"

임초월의 굳은 목소리에 노당은 큰소리로 웃었다. 하지만 송지홍과 자야는 굳은 표정으로 마른침을 삼켰다.

노당은 임초월의 말이 허황되게 들려서 웃은 게 아니었다. 그의 배포에 웃은 것이고 그의 자신감에 기분이 좋아진 것이다.

"자네가 교주가 된다면 참으로 재미있겠군그래…… 허

허허!"

　노당은 수염을 쓰다듬으며 태풍처럼 중원을 몰아칠 임초월이란 바람을 떠올렸다. 그 모습도 상당히 좋아 보였다.

　"교주가 된 이후에 복수를 해도 될 것 같은데…… 어떤가?"

　"교주라는 무거운 의자에 앉은 뒤 개인의 복수를 한다는 것은 이치에 맞지 않을 듯합니다."

　"교주가 되고 홀로 움직이면 되지 않겠나? 한번 해 보게. 힘들면 바로 내려오면 그만 아닌가?"

　노당의 말에 임초월은 고민스러운 표정을 보였다.

　"가슴이 시키는 일은 늘 뜨겁고 옳은 일이라네. 설령 후회를 한다 해도 말일세."

　"예."

　임초월의 대답은 짧았고 노당은 미소를 보였다.

第三章

다시 시작된 혈투(血鬪)

　새로운 교주가 등장한 신성교는 조용했다. 조촐한 축하
연만 있을 뿐 성대함이라곤 없었다. 화려함과 북적거리는
큰 연회 없이 진행되었기 때문이다.

　신성교의 규율을 지키며 신성교를 위해서 살 것이라 천
지신명께 약속한 임초월은 태사의에 앉았고 대전의 많은
사람들이 그를 축하해 주는 게 전부였다. 천하의 한 축을
담당하는 거대한 신성교에 비하면 초라한 교주임명식이었
다.

　임초월은 많은 사람들과 인사를 나눈 뒤 자야와 함께 조
용히 내실로 물러갔다.

"기분이 어떠세요?"

자야의 물음에 임초월은 잠시 무슨 말을 해야 할지 몰라 입을 다물었다. 그런 그의 눈에 학 한 마리가 냇물 위에 서 있는 것이 보였다.

"만약 저 학이 나라면 날개를 펴고 하늘 높이 날아갈 것 같소. 그 장소는 천산이 될 것이고 옥황상제가 있는 곳이 될 것이오."

임초월의 말에 자야는 재미있다는 듯 미소를 보였다. 그녀의 미소도 사실 쉽게 볼 수 없는 모습이었다. 그녀가 이렇게 편안한 표정으로 미소를 보이자 임초월은 그녀의 흘러내린 앞머리를 귀 뒤로 넘겨주었다.

자야의 얼굴에 다시 한 번 따뜻한 미소가 걸렸다. 그녀의 눈이 반짝이듯 웃고 있었다. 자신도 모르게 무의식적으로 자야가 입을 열었다.

"그냥 이대로 살았으면 좋겠어요."

말을 한 뒤 자야는 스스로 생각해도 말이 안 된다는 것을 잘 아는지 고개를 저었다.

"미안해요."

그녀의 말에 임초월은 조용히 대답했다.

"나는 아무것도 없는 사람이었소……. 그런데 지금은 모든 것을 다 가진 것 같소."

그의 말에 자야가 눈을 반짝이자 임초월은 다시 말했다.

"그러니 이렇게 사는 것도 변화가 없을 것이오. 살다 보면 이런 일 저런 일 많이 있겠지만 내가 잘못되거나 당신보다 먼저 죽는 일은 없을 것이오."

임초월의 말에 자야는 미미하게 고개를 끄덕였다. 굳이 입을 열어 대답할 필요가 없는 말이었기 때문이다.

"갑시다. 기다리겠소."

"네."

임초월이 먼저 걸음을 옮겼고 자야가 재빨리 그의 옆에 붙었다.

작은 방 안에는 네 명의 남녀가 앉아 있었다. 바로 사대무군이었다. 그들은 임초월이 들어오자 자리에서 일어섰고 가볍게 인사를 나눈 뒤 다시 앉았다. 상석에 앉은 임초월은 원형의 탁자에 놓인 중원전도와 몇 개의 말들을 눈에 담았다.

"해 봅시다."

임초월의 말에 유만세가 읍한 뒤 말했다.

"이번 대업의 최종 목적지는 무림맹이며 결과는 무림맹주의 죽음입니다. 그러기 위한 성동격서의 작전으로 육군장은 일천의 교도들과 함께 강남으로 갈 것이고 이팔선은 일천의 교도들과 강서 지부를 공격할 것입니다."

두 개의 말이 강서 지부와 강남 지부의 앞에 멈춰 섰다. 육군장과 이팔선은 미리 어느 정도 이야기를 들은 듯 조용히 고개를 끄덕였다.

"이미 천룡관에서 무림맹의 전력은 사 할 가까이 사라진 상태입니다. 그렇기 때문에 그들은 전력을 분산시킬 수밖에 없을 것이고 그 순간 교주님께서 무림맹에 입성하시면 됩니다."

무림맹의 심장을 치자는 계획을 너무 쉽게 이야기하는 유만세였다. 지금은 이렇게 쉽게 이야기를 하지만 그동안 많은 날들을 계획하고 논의했을 것이다. 그 결과만을 짧게 말하는 그였다.

세부적인 사항들은 밑에서 다루면 될 문제였다. 교주인 임초월은 굳이 그런 것까지 참여할 이유가 없었다. 결과만을 보고해야 했고, 그 결과를 만들어 내는 것이 유만세의 일이었다.

"유 선배와 함께 맹으로 가면 되는 것입니까?"

"그렇습니다."

유만세는 고개를 끄덕였다.

"송 선배님은 어디로 가지요?"

"저는 육군장과 함께 움직입니다."

송지홍의 대답에 임초월은 알겠다는 듯 미소를 보였다. 자세한 것은 유만세가 알아서 무림맹으로 가는 동안 알려 줄 것이고 자신은 결정만 내리면 된다.

"교주님께서 허락하신다면 이대로 실행에 옮길 것입니다."

"몇 명이나 죽을 것 같습니까?"

결과적인 질문을 던지는 임초월이었다. 그의 물음에 유만세가 짧은 숨을 내쉬며 예상이라도 한 듯 대답했다.

"많은 피가 흐르겠지요, 허나 단언컨대 무림맹의 피가 더 많을 것입니다."

유만세의 말에 임초월은 잠시 망설이듯 침묵했다. 자신의 한마디면 모든 일이 진행될 것이다. 몇 명이 죽을까? 몇 명의 목숨이 자신의 말 한마디에 달려 있는 것일까? 자신이 앉은 자리가 어떤 자리인지 그 무게감이 얼마나 무거운지 느끼는 순간이었다.

이미 대답은 결정되어 있었지만 그 무게감에 망설인 것이다. 수천을 움직이고 수천의 목숨을 움켜잡고 흔드는 자리. 그런 자리에 지금 자신이 앉아 있다는 것을 실감한 순간 임초월은 긴장한 표정으로, 앉아 있는 네 명의 무군들을 둘러보다 입을 열었다.

"시작합시다."

"존명."

"존명."

딱딱한 대답이 연이어 흘러나왔고 긴장된 공기가 작은
방에서 회오리쳤다.

*　　*　　*

신원은 백의에 백색 피풍의를 두른 채 정천원의 정문을
넘어섰다. 피풍의에는 정천(正天)이란 글귀가 선명하게 금
색으로 쓰여 있었으며 그의 허리에는 금검이 걸려 있었다.
그는 정문에서 저 멀리 보이는 정천원주의 대전을 쳐다보
았다. 저 멀리 끝에 높은 계단이 보였고 그 위에 있는 무천
원이 보였다. 그곳은 정천원의 중심이었다.

과거에 정천원주가 이 문을 들어서면 수많은 무사들이
길 옆에 서서 반겨주었을 것이다. 하지만 지금은 그러한 무
사들도 삼백여 명 정도가 전부였다. 오천의 무사들은 자취
를 감춘 지 오래였다.

그렇지만 이곳도 곧 다시 예전의 모습을 찾게 될 것이
다.

신원의 뒤로 이검영과 모용혁이 함께 하고 있었다. 그들
은 정천원의 모습을 눈에 담으며 깊은 생각에 잠긴 듯했다.

신원 역시 정천원의 모습을 눈에 담고 있었다.

"가자."

신원의 말에 두 사람이 뒤를 따랐고 그 뒤로 삼백의 무사
들이 함께 걸었다.

무천원의 삼 층 회의실 상석에 신원이 앉고, 그의 앞에
있는 원탁에 이검영과 모용혁이 자리했다. 그 뒤로 네 명의
남자들이 다시 앉았는데 모두 정천원의 간부들이었다.

정무각(正武閣)의 태청노검(太淸怒劍) 양의승과 새롭게
대무각(大武閣)의 각주가 된 호왕도 전중위가 있었다. 전중
위는 천기문의 고수로 이검영을 따라 정천원에 들어온 인
물이다.

정무각주 양의승은 무당파의 인물로 장로원의 추천으로
온 사람이었다. 무위도 상당히 뛰어나 무당파 일대제자 중
손에 꼽는 강자였다.

월야신객(月夜新客) 오지호도 앉아 있었는데 그는 정천
원 진영단의 단주였다. 진영단은 정천원의 독자적인 정보
를 다루는 집단으로 특수임무를 수행하기도 한다.

남은 한 사람은 칠당의 총 당주인 선사구였다. 그는 권
법의 달인으로 불리는 인물이었다. 그들은 모두 상석에 앉
아 있는 신원에게 시선을 던지고 있었다.

"제가 원주가 된 뒤 이 자리에 앉은 것은 처음이군요."

신원의 말에 모두들 고개만 끄덕일 뿐 입을 열지 않았다. 신원은 그들의 얼굴을 한번 돌아보며 다시 말했다.

"저처럼 새롭게 정천원에 오신 분도 계시고 전부터 정천원 소속이셨던 분도 계시지만 이제 한 가족이니 편하게 잘 지냅시다."

"예."

그의 말에 모두들 한목소리로 짧게 대답했다. 신원이 다시 말했다.

"지금 무림맹은 위기입니다. 여러 가지 불미스러운 일이 있었고 강호는 혼란기에 접어들었습니다. 그 가운데 제가 정천원주가 되었기 때문에 본원은 최선을 다해 이 혼란을 잠재울 것입니다. 그러니 여러분들의 도움이 절실합니다. 앞으로 잘해 나갑시다."

"예."

다시 한 번 큰 목소리가 한꺼번에 울렸다. 그들의 대답은 짧았지만 목소리에 담긴 의지는 대단해 보였다.

그날 밤 신원은 사평원으로 향했다. 맹주인 곽위가 중천 원에서 업무를 뒤로 미룬 채 은거하다시피 했기 때문이다. 백무향의 죽음이 그에게도 상당히 큰 충격인 듯했고 한동안 제대로 나서기는 힘들 것 같았다.

현재 무림맹의 일은 사평원의 서초구가 대신하고 있었다.

사평원 삼 층의 대전을 눈에 담으며 안으로 들어선 신원은 이 층으로 올라갔다. 그의 뒤로 장삼도와 모용하가 따르고 있었는데 그들은 집무실 앞에서 대기했다.

안에는 호법원주인 냉군위와 태정원의 부원주인 장원중이 앉아 있었다. 아직 태정원의 원주는 공석이었고 누구를 앉혀야 할지 무림맹 내에서도 많은 이야기가 오가는 상태였다. 장로원과 맹주의 의견이 많이 엇갈리고 있다는 정보도 있었다.

"어서 오게."

냉군위의 말에 신원은 포권하며 허리를 숙였다.

"신원입니다."

"반갑소이다."

장원중도 인사했고 신원 역시 미소를 보였다.

"신원입니다. 잘 부탁드립니다."

"무슨 그런 말씀을. 저는 부원주이지 원주가 아닙니다. 제가 오히려 잘 부탁드려야지요."

장원중의 말에 신원은 의자를 당겼다. 그때 서초구가 들어왔다.

"다들 오셨구려. 자네도 앉게."

서초구가 미소를 보이며 신원에게 시선을 던졌다. 신원은 곧 의자에 앉았고 시비들이 들어와 그들의 옆에 차를 따라 준 뒤 소리 없이 나갔다.

"이렇게 모두 사평원에 와 주셔서 고맙소이다. 사실 대정원에 모이는 것도 좋은데 맹주님이 잠시 업무를 제게 일임하셨기에 이리 되었으니 양해를 바라오."

"알겠네."

냉군위가 무미건조한 목소리로 대답했다. 그는 자신을 부른 것에 기분이 조금 상한 눈빛을 던졌다. 사평원주가 불렀다고 올 이유는 없기 때문이다. 평소라면 무시했겠지만 맹주님이 공석이고 무림맹의 일을 서초구가 일임하여 맡았다 하니 올 수밖에 없었다. 그것을 서초구도 잘 아는 눈치였다.

"자네가 원주가 된 것을 축하하는 자리를 마련해야 하나 지금 상황이 상황인지라 그러지 못한 것을 이해해 주게나."

"이해하고 있습니다. 신경 쓰지 마십시오."

신원은 알고 있다는 듯 대답했다. 그가 정천원주가 된 것에 대해 불만을 가지고 있는 사람들이 없다는 것도 거짓일 것이다. 서초구는 불만이 있는 사람들 중 한 명이었고 그것을 신원도 알고 있었다.

"그런데 왜 보자고 한 것인가?"

냉군위의 물음에 서초구가 빠르게 입을 열었다.

"그 부분은 우리 장부원주가 알려 줄 것이오."

서초구의 말과 함께 시선이 장원중을 향했고 그가 품에서 전서구들을 몇 장 꺼내 펼치며 말했다.

신원은 그중 한 장을 집어 들었다.

— 신성교의 신(新) 교주 임초월

신원의 표정이 굳어졌다. 다른 전서구를 손에 쥐었다.

— 신성교 교도 일천 명 귀주성 진입과 함께 사
라짐

신원은 어이없다는 듯 전서구를 내려놓았고 냉군위가 집어 들었다. 그때 장원중이 입을 열었다.

"보름 사이에 신성교에서 날아온 전서입니다. 보시면 아시다시피 신성교의 교주가 바뀌었고 일천에 달하는 신성교의 마교도들이 귀주성에서 실종되었습니다. 저희들의 정보망을 피해 흩어진 듯합니다."

장원중의 말에 모두의 안색이 굳어졌다. 신원은 턱을 쓰다듬으며 눈썹을 찡그렸고 냉군위는 여전히 같은 표정으로 앉아 있었다.

"귀주성에서 흩어졌다면 그들이 어디를 공격한다는 말이오?"

서초구가 묻자 장원중이 고민스러운 표정을 보였다.

"저희들의 분석으로도 쉽게 결론을 내릴 수가 없었습니다. 그들의 최종 목적지가 어디인지 어디에서 다시 모여 어떤 문파를 공격할 것인지 예측하기 어렵습니다. 지금 그것을 알아내기 위해 강남 지역으로 이각의 인원들이 모두 집중되었고 개방에도 협력을 요청한 상태입니다."

"귀주에서 빠졌다면 갈 곳은 장사의 모용세가와 강남 지부도 있고, 해남파나 광동의 태청문도 있을 것이고…… 꽤 많군요."

신원이 조용히 입을 열었다. 그의 말처럼 그들이 갈 곳은 강남에 널리고 널린 상태였다.

"그것도 그렇지만 소수정예로 소문파들을 휩쓸고 지나갈 수도 있습니다. 아니면 오백 명의 단위로 뭉쳐 대문파를 공격할 수도 있고요."

장원중이 심각하게 굳은 표정으로 말했다. 그의 말에 신원은 고개를 끄덕였다. 틀린 말이 아니기 때문이다.

"성동격서의 이중 작전일 수도 있겠군."

신원의 말에 장원중의 표정이 굳어졌고 서초구도 동의하는 표정을 보였다.

"삼백여 명이 다른 곳을 치고 나머지 칠백 명이 대문파를 칠 수도 있겠지. 흠…… 나라면 굳이 그럴 필요 없이 단 한 번에 무림맹의 심장을 치겠다는 각오로 강남 지부나 모용세가를 노리겠지만…… 후후…… 둘 중에 하나군."

신원은 미소를 보이며 눈을 반짝였고 그의 말에 서초구가 물었다.

"왜 자네는 강남 지부가 아니면 모용세가라고 확신하는가?"

"천 단위의 대규모 인원이 한꺼번에 나타났다가 사라졌다는 것은 우리의 정보망을 혼란에 빠트리려는 계략일 것입니다. 실제 태정원은 혼란스러워하고 있습니다. 거기다 그 정도의 인원이 여기저기 들쑤셔서 타초경사의 우를 범하겠습니까? 무엇보다 인원은 쪼개는 것보다 목적지를 정해 놓고 다시 모이는 것이 유리할 것입니다. 그리고 천 명의 인원으로 무림맹의 심장인 이곳까지 오기는 무리이니 강남 지부나 모용세가를 노리는 것이 더 현명한 일이겠지요. 제가 신성교의 입장이라면 무림맹의 눈을 흐리고 어느 날 갑자기 강남 지부로 칼날을 던질 것입니다."

"자네의 말을 들으니 일리 있는 것 같군."

냉군위가 수염을 쓰다듬으며 조용히 고개를 끄덕였고 장원중의 표정이 다시 한 번 크게 흔들렸다.

'똑똑한 새끼…… 확실히 처리해야 할 놈이야……. 하지만 이것조차 성동격서라는 것까지는 생각지 못한 모양이군.'

장원중은 신성교의 의도를 정확하게 파악한 신원을 감시할 필요가 있다고 판단했다.

"일단 귀주성은 놔두고 호남의 무림 분타는 모용세가로 강서의 무림 분타는 강남 지부로 소집하고 광서와 광동은 태청문으로 모이면 될 것 같습니다. 그리고 저희 정천원에서 인원을 나눠 강남 지부와 모용세가로 간다면 천 명이란 마교도들이 한꺼번에 들이닥친다 해도 충분히 막을 수 있을 겁니다. 아니, 오히려 그들을 몰아칠 수도 있을 것입니다."

"그들이 사천으로 갈 가능성은?"

냉군위가 날카로운 질문을 던지자 신원은 빠르게 대답했다.

"사천으로 갈 가능성은 없습니다. 천 명이란 인원이 중원 깊숙이 침투했는데 사천을 넘볼 것 같지는 않습니다. 사천으로 갈 것이라면 굳이 귀주에서 사라질 이유도 없지요.

그저 조용히 사천으로 넘어가 아미파와 당가를 공격했을 것입니다."

신원의 말에 모두들 고개를 끄덕였다. 서초구가 말했다.

"일단 맹주님께 보고를 한 뒤 조치를 취하는 것으로 하겠네. 정천원이 움직이는 것은 장로회에도 허락을 얻어야 하니 기다려 주게."

"예."

신원은 짧게 대답했다. 신원은 며칠 뒤 정천원이 움직여야 한다는 것을 예감한 듯 이미 다음을 생각하기 시작했다.

신원의 방에는 여섯 명의 남녀가 모여 있었다. 그들은 모두 젊은 고수들이었고 신원의 사람들이기도 했다.

모용혁과 모용하 남매가 함께 앉아 있었고 곁에 이검영이 자리했다. 그 앞에는 남소유와 장삼도, 그리고 상석에 신원이 있었다.

"교주가 되었기 때문에 교도들에게 뭔가 힘을 보여줘야 하기 때문에 대대적인 움직임을 보인 것 같은데? 그런 게 아닐까?"

모용혁이 조용히 말했고 남소유가 물었다.

"교주가 되었다고 힘을 보이다니요?"

모용혁은 그녀의 물음에 당연하다는 듯 말했다.

"그건 과거를 보면 알 수 있는 일이지. 진황제는 만리장성을 쌓았고, 수양제는 운하를 건설했고, 다른 황제들은 궁을 증축하든가 뭔가 자신의 이름을 남길 일을 하려고 했지. 지금의 맹주님도 맹주의 힘을 보이기 위해 잠자고 있던 신성교를 들쑤셨고 발본색원(拔本塞源)하려 했지."

"하지만 지금은 그게 오히려 독이 되고 있어요. 잠잠했던 그들이 깨어나고 있으니까요."

모용하가 모용혁의 뒤를 이어 말했다.

"모용세가로 신성교의 무리들이 들이닥칠지 모르는데 여기에 있어도 되겠어?"

이검영이 묻자 모용혁은 손을 저었다.

"걱정은 되는데 솔직히 말해서 우리 집으로 올 거란 생각은 안 들어."

"그래?"

이검영의 질문에 모용혁은 고개를 끄덕였다.

"우리 집하고 지들이 싸워서 무슨 이득이 생길까? 본래 싸움의 목적이란 게 있는 법이잖아? 그런데 우리 집에 쳐들어와도 그들이 가져갈 게 강남 지부에 비하면 적어. 강남 지부를 공격한다면 큰 명성과 함께 어느 누구도 감히 상상도 못 했던 무림맹에 대한 정면 도전이 되는 거지."

"그렇게 되면 무림맹에 반감을 가진 세력들은 더욱더 빠르게 신성교에 흡수될 것이고 그들은 더욱 단단한 결속력을 갖게 될 것이에요. 반면 무림맹은 신성교가 코앞까지 다가왔다는 경각심과 함께 두려움이 생기겠지요. 물론 그와 반대로 더욱더 강한 결속력을 갖게 될지도 모르지만요."

모용하가 다시 뒤를 이어 말했다. 그녀의 말에 일리가 있었고 모두들 공감하는 듯했다. 신원이 말했다.

"이미 천룡관에서 무림맹은 대패를 경험했고 맹의 명성은 땅에 떨어진 상태야. 거기다 이제는 무림맹도 믿을 수 없다는 말들이 나돌고 있어."

그의 목소리는 심각했다. 실제로 무림맹의 힘은 많이 약화된 상태였고 그 결속력도 줄어들고 있었다. 각자 살길을 모색하는 문파들도 생겨나기 시작한 지금의 무림맹에게 필요한 것은 강한 힘을 천하에 알리는 일이었다.

"무림맹의 힘이 여전하다는 것을 천하에 알리기 위해서는 그들의 예봉을 꺾어 줘야지. 그게 내가 해야 할 일이야."

신원은 미소를 보였고 곧 다시 입을 열었다.

"완벽하게 이기기 위해선 어떻게 해야 할까? 너희들의 의견도 들어 봐야지."

신원의 말에 모두들 고민스러운 표정을 보였다. 그때 발소리와 함께 오지호가 모습을 보였다.

"원주님. 오지호입니다."

"무슨 일이오?"

"강서 지부로 일천의 마교도들이 몰려오고 있다 합니다. 현재 천수에서 강서 지부로 이동 중이라 합니다."

"빠르군."

신원은 가만히 중얼거렸고 모두의 표정이 굳어졌다.

"모두 모입시다. 오늘은 좀 늦게 자야겠소."

신원은 자리에서 일어나 회의실로 향했고 그 뒤로 일행들이 뒤따랐다.

정천원의 중요 인사들이 모두 모여 회의를 하는 동안 신원은 곽위의 부름으로 중천원을 향했다. 강서 지부로 신성교의 교도들이 몰려온다는 소식에 그가 다시 나선 것이다. 언제까지 백무향의 죽음으로 앉아만 있을 수는 없었다.

신원의 옆에는 장삼도가 따르고 있었다.

"신성교의 움직임을 볼 때 뭔가 노림수가 더 있을 것 같다는 생각이 드는데…… 어떤 것 같아?"

"음……."

장삼도는 신원의 물음에 고민스러운 표정을 보였다. 어두운 밤하늘을 향해 시선을 돌리며 생각에 빠진 듯한 그 모습에 신원은 손을 저었다.

"알았다."

신원은 장삼도에게 물은 게 잘못이라는 듯 빠르게 걸음을 옮겼다.

"죄송합니다. 그런 쪽은 사실 잘 몰라서……."

"넌 그냥 무공만 파. 그게 최고야."

"예."

장삼도의 대답에 신원은 머리 쓰는 일이 삼도에게는 무리라는 것을 다시 한 번 깨달았다.

중천원에 들어서자 서초구와 만날 수 있었다. 그도 곽위의 부름으로 오던 길이라 둘은 함께 걸음을 옮겼다. 위천대의 무사들이 인사했고 그들의 안내로 안으로 향했다.

작은 회의실에 들어서자 냉군위와 장원중이 보였다. 그 둘은 한발 먼저 도착한 듯했다. 신원과 서초구가 들어서자 곧 곽위가 모습을 나타냈다.

모두 자리에서 일어섰다.

"앉지."

곽위의 말에 네 사람이 의자에 앉았다.

"말해 보게."

장원중에게 곽위가 시선을 돌렸고 장원중은 경직된 표정으로 자리에서 일어났다. 그는 중원전도가 양각된 탁자 옆에 서서 말했다.

"귀주로 들어온 신성교의 교도들은 현재 오리무중의 상태이나 그들의 뒤를 쫓기 위해 총력을 다하고 있습니다. 그런데 한 시진 전 날아온 정보에 의하면 강서 지부로 일천의 신성교도들이 몰려오고 있다 합니다. 그들은 일부러 자신들이 신성교도라는 것을 알리는 듯 대거 이동 중이며 그 목적지는 강서 지부인 것 같습니다."

　"양동작전인가? 본 맹의 힘을 분산시키려는 의도로 보이는군."

　곽위가 조용히 입을 열었고 그의 말에 모두들 동의하는 듯 고개를 보였다.

　"신성교 내에선 강서 지부로 이팔선이 나섰고 귀주로 들어온 인물은 육군장과 송지홍이라 합니다. 모두 사대무군으로 초절정의 고수이며 요주의 인물들입니다. 그 외에 칠대사자들과 정예들도 대거 함께 이동 중인 것 같습니다."

　"작정을 하고 오는군."

　"천룡관의 승리로 사기가 올랐을 테니까요."

　서초구의 말에 신원이 동의하듯 대답했다. 곽위는 수염을 쓰다듬으며 고민스러운 표정을 보이다 차를 한 모금 마셨다. 답답한 마음이 드러나는 행동으로 보였다.

　"무당과 소림을 비롯한 여러 문파에 알려 강서 지부를 돕도록 하게나. 장로원에도 이 사실을 알리게. 그럼 그들도 스스로 움직일 것이고 강서 지부는 걱정을 덜겠지."

"예."

장원중이 빠르게 대답했다. 곽위가 다시 말했다.

"강남 쪽은 자네가 나서서 잘해 주게."

"알겠습니다."

신원이 대답했다.

"혹시 모르니 강남 쪽 문파들도 주의를 주고."

곽위의 말에 장원중이 다시 대답했다.

"예, 알겠습니다."

"서 원주와 냉 원주는 여전히 하던 일을 잘해 주게. 지금이 위기라고 하지만 무림맹은 이 정도로 흔들릴 나무가 아니네. 신성교의 발호가 강하긴 하나 무림이 막지 못할 정도는 아니니 말일세."

"알겠습니다."

"그렇지요."

서초구와 냉군위가 대답했다. 냉군위는 여전히 담담한 표정이었고 변화가 없었다.

"지금 문제는 신성교의 아니 마교도 놈들의 공격으로 혼란에 빠질지 모르는 무림이네. 그걸 방지하기 위해서라도 그들의 공격을 막는 것은 중요한 일이 되겠지. 신 원주에게 기대하는 바가 크네."

곽위의 시선에 신원은 미소로 답했다.

"알겠습니다."

신원은 곽위가 자신을 좋게 안 본다는 것쯤은 예상하고 있었다. 곽위의 계획에 정천원주의 자리는 백무향이 앉아야 했기 때문이다. 하지만 의외로 큰 사건이 터졌고 자신의 뜻대로 되지 못했기 때문에 신원을 탐탁지 않게 여겼다.

"여기까지 하지. 서 원주와 냉 원주는 남게."

곽위의 말에 신원이 자리에서 일어나 인사 후 밖으로 나갔다. 그 뒤로 장원중이 따라나섰다. 안에는 세 사람이 남았고 긴밀한 밀담을 나누는 듯 보였다.

밖에 나온 신원은 장원중과 어깨를 나란히 했다.

"태정원에서도 신성교로 꽤 많은 인원이 잠입해 있는 모양입니다?"

"당연하지요."

"그렇다면 신성교의 간자가 본 맹에 잠입해 있지 않을까요? 그들을 색출하는 일은 어떻게 돼 갑니까?"

"비밀리에 하고 있지만 쉽게 잡힐 간자였다면 잠입도 안 했겠지요. 성과는 있지만 색출하는 일은 매우 어려운 일입니다. 거기다 요즘은 하오문에서 신성교를 돕고 있다는 정보도 있지요."

"신성교의 정보망이 커졌다는 뜻입니까?"

"그렇습니다."

"태정원에 간자가 침입할 가능성도 있다는 뜻이지요?"

"그럴 가능성은 적습니다. 원주님도 잘 아시다시피 태정원만큼 철저하게 신분 조사를 하는 곳도 없습니다. 하부 조직이라면 모를까…… 그래서 하부 조직은 철저히 감시하고 강도 높은 내사를 합니다."

"알겠습니다."

장원중의 말에 신원은 고개를 끄덕였고 곧 정천원으로 향했다.

'태정원에 간자가 침입했다면 무림맹에 큰 구멍이 생겼다는 뜻이지…….'

신원은 태정원의 철저함을 알고 있다는 듯 한동안 생각에 잠겼다.

회의실로 들어선 신원은 일어선 수하들을 앉히고 상석에 앉았다. 신원이 모용하에게 시선을 던지며 물었다.

"결과는?"

모용하는 지금까지 신원이 중천원에 가 있는 동안 회의한 결과에 대해 신원에게 보고했다.

"강남 지부로 대무각이 가는 것은 결정된 사항이며 신성교의 교도들이 어디에서 다시 집결할지 예상하는 게 문제

다시 시작된 혈투(血鬪) 87

입니다. 많은 곳이 있는데 가장 가능성이 높은 곳은 강남 지부에서 십리 정도 떨어진 남평과 백양산, 두 곳입니다."

"두 곳을 미리 정찰하거나 매복해야겠지?"

"그렇습니다."

"정무각은 맹에 남는 것이로군?"

"예."

정무각주인 양의승이 답했다.

"정찰을 목적으로 흑묘당을 미리 강남으로 보냈습니다."

칠당의 총 단주인 선사구가 말하자 신원은 고개를 끄덕였다. 오지호도 말했다.

"진영단의 오대도 일각 전에 강남으로 보냈습니다."

오지호의 말에 신원은 빠르게 말했다.

"내일 오전에 식사를 한 뒤 강남 지부로 출발하겠습니다."

"예!"

큰 목소리가 회의실에 울렸다.

이튿날 아침 정천원의 대무각에 소속된 칠백의 무사가 무림맹을 떠났고 칠당 중 이당이 함께했다. 구백여 명의 무사들이 대거 무림맹을 떠나 강남 지부로 향했다. 그 소식은 빠르게 강호에 알려졌고 신성교의 귀에도 들어갔다.

　　　　　　＊　　　　＊　　　　＊

　하북과 강소성 사이에 위치한 무공산 자락의 끝에 자리
한 미공성으로 들어선 육군장과 송지홍은 성의 중심가에
자리한 쾌주루로 들어갔다.

　둘은 주루의 후문을 나와 뒤쪽에 자리한 별채로 들어가
앉았다. 얼마 지나지 않아 시비들이 음식을 가져와 식탁에
차려 주자 둘은 조용히 식사를 했다.

　조용히 젓가락을 움직이던 두 사람의 귀로 가벼운 발소
리가 들려왔다.

　"접니다."

　낮은 목소리와 함께 평범한 무명옷을 입은 청년이 등에
봇짐을 메고 모습을 보였다. 신성교의 칠대사자 중 한 명인
강풍이었다.

　"배가 고팠는데 다행입니다."

　강풍은 얼른 들어와 짐을 내려놓고 젓가락을 들었다. 얼
마 지나지 않아 경쾌한 발소리와 함께 막도희도 모습을 보
였다. 그녀도 강풍과 함께 앉아 식사에 열중했다.

　"오는 동안 이야기를 들어 보니 무림맹에서 저희의 움직
임을 파악하고 강남 지부로 정천원을 보낸 모양이에요."

　막도희가 야채를 집어먹으며 말했다.

"파악이 안 된다면 말이 안 되지. 그래서?"

육군장의 물음에 막도희가 대답했다.

"강남 지부를 공격하는 일은 신중해야 하지 않을까요?"

"그들의 인원수가 몇 명이든 얼마나 많은 고수가 있든 상관없다. 고수가 많으면 많을수록 좋겠지."

오히려 즐겁다는 듯 눈을 반짝이며 대답하는 육군장이었다. 그는 싸움을 즐기는 투사와도 같은 얼굴이었다.

"정천원주가 신원이라는데 빚도 있고 그냥 물러설 수는 없지."

육군장은 젓가락을 들어 고기를 씹으며 중얼거렸다. 그의 눈에는 신원이 보이는 듯했고 강렬한 투기가 방 안을 휩쓸기 시작했다.

"고수가 많으니 방심하는 일은 없어야 해. 너무 그렇게 흥분하지도 말고."

"그러지."

송지홍의 말에 육군장은 고개를 끄덕였다. 송지홍은 조용히 젓가락을 내려놓고 차를 마시기 시작했다. 육군장이 다시 말했다.

"백양산에서 집합 후 새벽 동이 떠오를 때 강남 지부로 들어간다. 그 계획에 변화는 없다."

"예."

강풍과 막도희가 동시에 대답했다.

　작은 초가집에 홀로 앉아 있는 이팔선은 가부좌를 한 채
조용히 눈을 감고 있었다. 운기조식이 아닌 명상이었고 명
상을 통해 검을 닦고 있는 중이었다.

　저벅! 저벅!

　발걸음 소리와 함께 나타난 것은 신성교 일정원의 부원
주인 소중이었다. 이팔선이 조용히 눈을 뜨자 소중은 허리
를 숙였다.

　"강서 지부로 상당한 수의 무림인들이 모여들고 있다 합
니다."

　"예상한 일이 아니던가?"

　"예."

　소중은 짧게 대답 후 다시 말했다.

　"화산파의 매화검수 다섯 명과 무당의 청자배 고수들 일
곱 명이 어제 강서 지부로 들어갔고 소림의 팔대금강 중 한
명인 일운도 모습을 보였습니다."

　"쟁쟁하군."

　소중의 말에 이팔선은 고개를 미미하게 끄덕였다. 모두
강호에 이름 높은 고수들이었고 각 대문파의 최정예라 할
수 있는 자들이었기 때문이다.

강서 지부에 있는 고수들과 겨룰 수 있다는 생각에 벌써
부터 기분이 좋아지는 것 같았다.

"삼 일 후면 도착이군."

"예."

소중의 대답에 이팔선은 다시 말했다.

"내가 어릴 때 신성교에 들어오기 전이었지. 우리 아버
지는 의원이셨고 어머니는 자애로운 분이셨어. 그런데 어
느 날 크게 다친 한 남자를 치료했는데 그 사람이 신성교의
사람이라 하더군. 무림맹의 무사들이 들이닥친 것도 그 남
자를 치료해 준 이튿날이었어……. 어떻게 되었을 것 같은
가?"

"잘 모르겠습니다."

소중은 조용히 대답했다.

"자네는 잘 알지. 모를 리가 없지……."

이팔선의 낮은 목소리에 소중은 무거운 표정을 보였다.
이팔선이 다시 말했다.

"아버지와 어머니는 무림맹의 무사들이 휘두른 검에 돌
아가셨고 그 남자도 모진 고문을 당한 뒤 죽었네. 난 운이
좋아 살았지."

   소중은 입을 다물었고 이팔선은 옛 기억을 떠올리는 듯
먼 산을 쳐다보았다.

"무림맹에 복수하고 싶었고 그 남자를 원망했지……. 그렇게 오랜 시간을 보낸 뒤 지금은 신성교의 사람이 되어 무림맹에 검을 겨누게 되었어. 복수를 생각하지만 이미 내 검에 죽은 무림맹의 무사들은 백이 넘지……. 그런데도 복수는 끝이 난 게 아니니 참 이상하지 않은가?"

"이상한 게 아닙니다. 전…… 아무리 많은 무림맹의 무사를 죽여도 복수심이 사라지지 않을 것 같습니다."

소중의 말에 이팔선은 고개를 끄덕였다. 소중이 다시 말했다.

"아직도 가끔 꿈에서 피눈물을 흘리며 죽어가는 제 누이동생들의 모습이 눈에 선합니다. 그 모습을 지울 때까지 제 복수는 끝이 난 게 아니니까요."

소중의 말에 이팔선은 착잡한 표정으로 짧은 숨을 내쉰 뒤 천천히 말했다.

"오늘 밤은 다들 술이라도 한잔 마시면서 흥겹게 보내라고 하게."

"알겠습니다."

소중은 대답 후 빠르게 그의 시야에서 사라졌다.

"술이 고플 땐 술을 마셔야지."

이팔선은 조용히 중얼거리며 다시 눈을 감고 명상에 빠져들었다.

상인들과 함께 가마꾼으로 개봉성에 들어온 임초월과 유만세는 허름한 복장을 한 채 작은 집에 들어섰다. 해가 질 무렵 두 명의 인물이 더 나타났는데 둘은 사십 대 후반의 중년인이었다. 평범한 외모에 무명옷을 입고 있는 모습이 마치 무공을 모르는 평민으로만 보였다.

둘은 방에 들어와 앉아 있는 임초월과 유만세를 향해 공손히 허리를 숙였다.

"고정입니다."

"관로입니다."

"둘 다 무림맹에서 일을 하는 일꾼들인데 고정은 정원사이고 관로는 수리공이지요. 둘 다 집이 여기에 있고 가족도 있습니다."

유만세의 설명에 임초월은 고개를 끄덕였고 유만세가 다시 말했다.

"이들과 함께 맹에 들어가면 됩니다."

"그러지요."

"저희가 이른 아침에 찾아오겠습니다. 그때 함께 가시면 됩니다."

고정이 말했고 그는 조금 두려운 눈빛을 던지고 있었다. 그것을 모를 임초월이 아니었다.

"잘 부탁하오."

"네? 예, 물론입니다."

임초월의 미소 진 말에 두 사람은 놀란 듯 눈을 크게 떴지만 유만세의 날카로운 시선에 재빨리 대답했다. 신성교의 교주가 자신들에게 잘 부탁한다는 말을 한 것이 그들의 입장에선 꽤 놀라운 일이었다.

"물러가게나."

유만세의 말에 두 사람은 재빨리 밖으로 나갔다.

"전에도 무림맹은 들어가 보셨지요?"

"물론이지요. 그때도 어렵지 않게 침입을 했었는데……
사실 이번에는 정문에서 당당히 걸어 들어가고 싶었습니다."

"교주님께서 그렇게 원하신다면 그 방법도 나쁘지는 않을 듯합니다. 허나…… 그러다 다치시면 제 목을 자야가 베어 버릴지도 모르지요. 허허허!"

유만세의 말에 임초월은 슬쩍 미소를 보였다.

"차가 식습니다."

유만세의 목소리에 임초월은 차를 마시며 문밖으로 보이는 개봉의 하늘을 올려다보았다. 날은 흐리고 비가 올 것 같은 날씨였지만 신성교에 있을 때보다 따뜻하다는 것을 느꼈다. 그때였다. 미세한 먼지 소리와 함께 벽 그림자 뒤

다시 시작된 혈투(血鬪) 95

로 검은 흑의를 입은 인물이 모습을 보였다.

머리부터 발끝까지 모두 흑의였고 복면조차 눈구멍이 없는 칠흑 같은 모습이었다. 임초월은 그들이 누구인지 잘 알고 있었다.

"흑풍귀."

무림맹에서 부르는 이름이었고 과거 구천회에서 쓰던 이름이란 것도 잘 알고 있었다.

"흑풍귀는 곽 맹주의 비밀 조직으로 저 녀석과는 연관이 없습니다. 제 비밀 조직인 비영단의 신입니다."

"신입니다."

재빨리 부복한 신은 다시 일어나 그림자 속에 스며들더니 완전히 그 모습이 사라졌다. 그 놀라운 잠영술에 임초월은 고개를 끄덕일 수밖에 없었다. 소문으로만 듣던 유만세의 비영단을 직접 봤기 때문이다. 유만세가 시선을 던지며 말했다.

"보고해."

"예."

낮은 대답이 들렸고 곧 작은 목소리가 실내로 흘러들어 왔다.

"강서 지부와 강남 지부로 향하는 교도들은 별문제 없이 이동 중입니다. 무림맹은 현재 정천원의 인원이 맹을 빠져

나간 것을 제외하면 특별한 움직임은 없어 보입니다. 강남지부로 강서성의 무림맹 분타 무사들과 중소문파의 무인들이 모여들어 사천이 넘는 인원이 되었습니다. 거기에 정천원까지 합세하면 본 교가 상당히 불리할 것으로 보입니다."

"인원이 많다 해도 오합지졸들일 뿐 큰 문제는 없을 것이야."

유만세가 가만히 중얼거렸다.

"현재 무림맹에 잠입한 본 교의 교도들도 준비는 모두 마친 상태입니다."

"알았네. 가 봐."

스륵!

유만세의 목소리에 소리 없이 신의 인기척이 사라졌다.

第四章

돌아오는 화살

　오랜만에 만난 강남 지부의 부주인 천예당은 시간이 꽤 흘렀어도 미모는 여전했다. 변함없는 모습으로 신원을 맞이했다.

　지금은 정천원주가 된 신원의 모습이 전과 달리 조금은 더 성장한 어른으로 보이는 것은 착각일까? 착각이 아닐 수도 있었다. 그는 과거와 달리 이제는 강호를 주름잡는 무림맹의 실세 중 한 명이었다.

　천예당과 한자리에 앉은 신원은 최고급 철관음을 마시며 그 향을 음미했다.

　"확실히 철관음은 강남입니다."

"항주산 철관음이지."

"역시…… 맛이 좋군요."

천예당의 말에 신원은 고개를 끄덕이며 철관음하면 항주산이 가장 좋다는 것도 떠올렸다.

"이렇게 한가하게 차나 음미하고 있으니 마치 예전에 할일 없이 차나 마시던 때가 떠오릅니다."

"차를 마신게 아니라 술과 여자를 탐했겠지."

천예당이 웃으며 말하자 신원은 살짝 미소를 보였다.

"너무 잘 아십니다. 하하하!"

"그냥 한 말이네. 그런데 정말 그런 방탕한 생활을 한 모양이군?"

"아주 잠시 잠깐입니다."

신원은 손을 저었다. 그 모습에 천예당은 웃으며 화제를 돌렸다.

"신성교가 코앞까지 몰려오는데 여유가 있어 보여."

"정찰을 나가 있는 수하들의 보고로 볼 때 강남 지부로 오는 것이 확실시 된 이상 기다려야지요. 이제는 정천원의 원주가 되었는데 긴장한 모습을 보일 수도 없지요."

"자리가 사람을 만든다고 하더니 제법 원주의 냄새가 흘러."

"그렇습니까? 그렇게 보였다면 다행입니다."

천예당의 칭찬에 신원은 미소를 보였다. 그녀는 다시 말했다.

"신성교가 몰려오면 자네는 어떻게 할 생각인가? 특별한 작전이라도 있나?"

"그런 건 없습니다. 무림인이 작전을 짜면서 적과 싸울 필요가 있겠습니까? 적이 오면 전 가장 먼저 앞에 나가 그들을 맞이할 것입니다."

"같은 생각이군."

천예당은 부주라는 위치에 있기 때문에 절대 뒤로 물러설 생각이 없었다. 그녀 역시 가장 앞에서 신성교의 무사들과 대적할 생각이었다.

"듣자 하니 신 원주는 사대무군들과 한 번씩 겨루어 봤다고 들었는데 어땠지?"

"겨룬 게 아니라 죽다 살아난 겁니다. 운이 좋아 겨우 목숨을 부지할 수가 있었지요."

신원의 말에 천예당은 조금 놀란 표정을 보였다. 소문으로 들어 신원의 무공이 어느 정도인지 대충 감을 잡고 있었기 때문이다.

"그들의 무공이 그리 높다니 놀랍군."

"그때는 그랬는데 지금 다시 겨룬다면 충분히 이길 자신은 있습니다."

"흠……."

천예당은 차를 마시며 아미를 찌푸렸다. 자신의 검으로도 그들을 막는 게 힘들지도 모른다는 생각이 문득 들었기 때문이다. 신원이 다시 말했다.

"육군장은 오행으로 치면 금(金)에 해당되고 그의 도법은 매우 강맹하며 단 한 번의 초식으로 천근 바위를 조각내는 게 아니라 산산이 파괴하지요. 송지홍의 무공은 목(木)인데 변화무쌍하고 단단한 나무처럼 뿌리가 깊었지요. 실제 그녀의 편법은 생각만 해도 등골이 오싹합니다."

송지홍의 변화무쌍한 채찍의 모습을 떠올리며 신원은 어깨를 떨었다. 그 모습에 천예당은 문득 승부욕이 생기는 것을 느꼈다.

"한 번쯤 그녀와 손속을 겨루고 싶었지…… 여중제일을 한번 논하고 싶은 상대였으니 말이야."

"부주님께서도 그런 명성에 욕심이 있으십니까?"

"당연하지."

천예당은 눈을 크게 뜨며 고개를 끄덕였다. 그녀의 대답에 신원은 역시 무림인이란 생각이 들었다.

"맹주님의 근황은 어찌 되는가?"

"평정심을 유지하려 하나 심적으로 많이 힘든 모양입니다."

"그렇겠지."

천예당은 최근에 죽은 백무향을 떠올리며 짧은 숨을 내
쉬었다. 백무향과 그녀는 같은 시기에 만학관을 다녔던 사
이였고 친한 관계는 아니었지만 모르는 사이도 아니었다.

"안타까운 일이지."

"그렇습니다."

대답과 함께 긴 숨을 내쉰 신원은 다시 차를 마셨고 천예
당도 침묵하며 창밖으로 강남 지부의 모습을 눈에 담았다.
그렇게 하루가 흘러가고 있었다.

천예당과 헤어지고 자신의 숙소로 돌아온 신원은 모용
하와 남소유가 약간 토라진 표정으로 문 앞에 서 있자 물었
다.

"무슨 문제 있어? 표정들이 왜 그래?"

"손님이에요."

"손님?"

"흥!"

모용하가 말했고 남소유가 팔짱을 끼며 뒤돌아섰다. 곧
내실로 들어간 신원은 의자에 앉아 있는 냉소소의 모습에
눈을 크게 떴다. 그리고 왜 모용하와 남소유가 저런 표정을
지었는지 대충 알 것 같은 생각도 들었다. 냉소소와 어울리

지 못하는 둘을 잘 알기 때문이다.

"소소."

"원주님을 뵈어요."

냉소소가 자리에서 일어나 인사하자 신원은 급히 그녀의 앞으로 다가갔다.

"어떻게 여기까지 온 것이오?"

"맹으로 복귀하던 중 원주님께서 강남 지부로 간다는 소식을 듣고 급히 이리로 왔어요."

"그 원주님이란 소리 좀 그만두시오. 귀가 아프다오."

"그래도……."

냉소소는 대답과 함께 고개를 숙였다.

"앉으시오."

신원이 말과 함께 앉자 냉소소도 의자에 앉았다. 예상치 못한 그녀의 방문에 신원은 기분이 좋아지는 것을 느꼈다. 말은 안 했지만 검산장으로 간 냉소소가 그리웠던 것은 사실이었다.

"갔던 일은 잘 된 것이오?"

"네."

냉소소는 조금 어두운 표정으로 대답했다. 백무향의 장례를 치르기 위해 검산장에 가서 한동안 머물렀던 그녀였다. 그곳에서 어떻게 지냈는지 궁금했지만 신원은 물을 수가 없었다.

냉소소는 막상 이렇게 신원의 얼굴을 보자 왠지 모를 어색함이 느껴지는 것을 알았다. 원주가 되었다는 것부터가 벽이 하나 놓여 있는 기분이 들었다.

몇 개월이란 시간이 흘렀지만 그게 꼭 몇 년이 지난 것 같았고 오랜 시간이 흐른 듯했다. 잠시 침묵이 이어졌고 신원은 냉소소와의 기억들을 떠올렸다. 그리고 지금 눈앞에 앉아 있는 그녀의 모습도 눈에 담았다.

"다른 데 가지 말고 그냥 내 곁에 있어 주시오."

신원의 말에 냉소소는 그의 얼굴을 쳐다보았다. 자신을 바라보는 눈빛이 따뜻했고 애정이 넘쳐난다는 것을 그녀가 모를 리 없었다.

"네."

냉소소는 짧게 대답했다. 하지만 그 대답에 신원은 미소를 보일 수 있었다. 지금 그녀가 매우 힘들다는 것을 누구보다 그가 잘 알고 있었으며 시간이 약이란 것도 알고 있었다. 그때 모용하와 남소유가 안으로 들어왔다.

"분위기 그만 잡고 이제 밥이나 먹어요. 언니도 시장할 테니 밥이나 먹고 남은 이야기를 풀기로 하죠?"

"그렇게 하자."

냉소소의 대답에 모용하가 옆에 앉았고 남소유도 앉았

다. 남소유가 말했다.

"힘든 건 알지만 지금 여긴 곧 전장이 될 거예요. 냉 언니도 한 수 거들어야 된다는 건 알고 있죠?"

"알아."

냉소소가 표정을 바꾸며 고개를 끄덕였다. 그 모습에 남소유가 미소를 보였다. 크게 걱정할 필요는 없을 것 같았기 때문이다.

"방은 우리랑 함께 써요. 괜히 신 선배 방에 들어와서 누구처럼 유혹하지 말고."

모용하의 말에 남소유가 아미를 찌푸렸다.

"그 누구는 나를 말하는 거니?"

"그럼 너 말고 또 누가 있는데?"

"뭐? 그게 무슨 소리야?"

냉소소가 흥미로운 눈빛으로 입을 열자 두 사람은 침묵했다. 남소유가 신원의 방에 있었다는 사실을 말할 수 없었기 때문이다. 신원의 표정이 어둡게 변하였고 그는 곧 차를 마시며 말했다.

"조식이나 준비하라고 일러. 어이! 밖에 삼도 있으면 들어와."

"잠깐만요."

냉소소의 목소리가 낮으면서도 날카롭게 울렸다. 순간

모두 침묵했고 그녀가 물었다.

"소유하고 잠을 같이 잤다고요?"

그녀의 물음에 신원은 아무렇지도 않다는 표정으로 손을 저었다.

"무슨 말인지 통 모르겠소."

"소유는?"

"저도 몰라요. 하아가 그냥 한 말이에요."

"그냥 한 말이에요."

남소유의 대답에 모용하가 손을 저었지만 냉소소는 아미를 찌푸린 채 모두의 얼굴을 주시하고 있었다. 그때 장삼도가 안으로 들어왔다.

"부르셨습니까?"

장삼도의 물음에 순간 남소유와 모용하의 날카로운 시선이 그를 향해 쏟아졌다.

"어……."

순간적으로 장삼도의 등줄기로 식은땀이 흘러내리기 시작했다.

백양산의 초입에 위치한 작은 분지에 아침부터 하나둘 사람들이 모이더니 해가 중천에 떠오를 때가 되자 천여 명에 이르렀다.

그들은 여기저기 모여 앉아 불을 피우고 식사를 하거나 휴식을 취했다. 분지의 끝에 자리한 나무 그늘 사이로 큰 천막이 하나 있었고 그 안으로 십여 명의 인물들이 들어갔다.

백양산의 우거진 숲 사이로 분지를 바라보는 세 명의 인물들이 있었는데 그들은 모두 정천원에 소속된 무사들이었다. 정찰을 위해 백양산으로 나온 무사들로 이른 아침부터 사람들이 모여들자 그들을 관찰하고 있었다.

"방금 칠조부터 구조까지 철수했습니다."

"일조부터 사조까지도 철수를 했습니다."

진영단 오조의 조장인 배철수는 고개를 끄덕이며 조용히 신성교의 무리들을 응시했다. 이미 예정된 일이었기에 놀라지도 않았다. 오조와 육조가 가장 마지막까지 남아 그들의 움직임을 파악하는 게 임무였다.

"저들이 움직이기 시작하면 바로 지부로 복귀한다."

"예."

그의 말에 대답 소리가 낮게 울렸다.

넓은 대전 안에는 십여 명의 인물들이 모여 있었다. 가장 상석에 천예당이 앉아 있었고 그 외에 다른 인물들은 좌우로 늘어서 있었다. 우측에는 정천원주인 신원이, 좌측에는 모용상이 자리했다.

"지부를 전장으로 만들 수는 없소이다. 이곳에서 싸우는 것보다 노원평에서 일전을 치르는 것이 옳다고 생각하오."

모용상은 강남 지부에서 적을 기다리는 것보다 앞으로 나가 싸우자는 것을 주장했다. 강남 지부에서 그들과 싸우는 것은 이득이 될 게 없다는 생각이었다.

모용상은 모두를 설득하겠다는 생각으로 다시 말했다.

"첫째로 신성교가 강남 지부의 담을 넘었다는 것 자체가 무림의 명예를 실추시키는 일이오. 두 번째로 신성교의 전력이 대단하다 하나 숫자로 볼 때 우리가 우위에 있소. 셋째로 공격을 하러 오는 신성교는 오랜 이동으로 피로한 상태이기 때문에 그들의 체력이 돌아올 때까지 기다리는 것보다 나가는 것이 옳은 것 같소이다."

모용상의 말에 모두들 긍정적인 표정이었다. 그의 말이 전혀 틀린 게 아니기 때문이다. 신원이 말했다.

"노원평에 미리 나가 기다린다면 분명 저희들도 큰 피해가 있을 겁니다. 이곳에서 싸운다면 명성에 흠집이 날지도 모르지만 인명 피해는 최소한으로 줄 듯하군요."

모용상과 신원의 의견은 분명히 달랐다. 모용상은 명예에 치중한 편이었고 신원은 인명적인 부분을 강조하고 있었다.

천예당은 매우 고민하는 표정이었고 둘의 의견이 다르기 때문에 신중한 눈빛을 던졌다. 강남 지부의 사람들은 모두 노원평으로 나가길 원했고 정천원의 신원은 강남 지부에서 싸우길 원했다.

"누구라도 집에서 싸우는 건 싫겠지."

천예당은 조용히 중얼거렸다. 그 말을 듣는 순간 신원은 살짝 미간을 찌푸렸다. 천예당이 어떤 결정을 내렸는지 알려 주는 말과도 같았기 때문이다.

'결국 지부를 버리고 나가는구나.'

신원은 가만히 생각하며 눈을 반짝였고 천예당이 다시 말했다.

"우리가 미리 노원평에서 그들을 맞이합시다. 반갑지 않은 손님을 굳이 집 안으로 끌어들일 이유는 없지요."

"예!"

천예당의 말에 모두들 대답했다.

"출발은 내일 동트기 전이고 모두 그때까지 준비를 해주세요."

천예당의 말이 다시 대전에 울렸다. 신원은 슬쩍 고개를 들어 대전의 천장을 바라보았다. 그 모습에 옆에 있던 이검영이 물었다.

"왜 그래?"

"누군가 듣는 것 같아서……."

"그래?"

이검영이 놀란 표정을 보이며 시선을 돌렸다. 그 말을 들은 모용상도 수하들에게 시선을 던지자 곧 십여 명의 무사들이 밖으로 나가 대전 위를 살폈다.

"새가 날아간 모양이야."

신원은 가만히 중얼거렸다. 어차피 날아간 새를 다시 잡기란 불가능했고 이곳의 대화를 엿들었다고 해서 크게 문제될 것도 없다고 판단했다.

"노원평이라……."

천막 앞에 부복한 검은 흑의인을 바라보며 육군장은 미간을 찌푸렸다. 옆에는 송지홍과 강풍도 있었다. 막도희가 말했다.

"노원평으로 지금 사람을 먼저 보내야겠어요. 혹시라도 그들이 매복을 한다거나 함정을 준비한다면 큰 낭패니까요."

송지홍이 막도희의 말에 고개를 끄덕였다.

"네 생각대로 해라."

"예."

막도희는 대답과 함께 밖으로 나갔고 육군장이 흑의인에

게 말했다.

"수고했다. 너는 다시 지부로 잠입하거라."

"예."

흑의인이 대답과 함께 소리 없이 사라지자 송지홍이 말했다.

"단단히 준비를 하고 나올 모양인거 같아."

"천룡관에서 그렇게 피를 토하고 도망쳤으니 그때의 굴욕을 갚기 위해서라도 사납게 몰아치려 하겠지."

육군장은 송지홍의 말에 고개를 끄덕였으나 크게 걱정하는 표정은 아니었다.

"어차피 이틀 뒤에 결판이 날 싸움이야. 신경 쓰지 말고 그냥 싸우자고."

육군장의 말에 송지홍은 대답 없이 고개만 끄덕였다.

쾅! 쾅!

폭음과 함께 강서 지부의 대문이 열렸다. 그 사이로 수많은 신성교의 무사들이 들이닥쳤고 기다렸다는 듯이 강서 지부의 연무장으로 수많은 무사들이 쏟아져 나왔다.

파팟!

가장 앞선 사람은 신성교의 이팔선이었다. 그의 검은 빠르고 정확했으며 깔끔하게 바로 앞의 무사들을 공격했다.

"와아아아!"

함성 소리와 함께 밀려오는 무림맹의 무사들의 공격은 거친 파도 같았지만 신성교의 무사들은 물러섬이 없었다.

"으악!"

"크아아악!"

비명 소리와 길게 이어지는 외침이 이어졌고 병장기 소리가 요란스럽게 울리고 있었다.

스슥!

검 끝은 무림맹의 무사들이 내민 검을 비집고 들어가 목을 그었다.

서걱!

살이 갈리는 날카롭고 잔인한 소리가 이팔선의 귀를 파고들었지만 그는 그게 익숙한지 표정의 변화가 없었다.

그의 검은 계속해서 아주 짧고 빠르게 수십 인의 목에 검흔을 남기며 전진하고 있었다. 그때 그의 앞으로 강렬한 검기와 날카로운 검날이 날아들었다.

이팔선의 입술에 미소가 걸렸다. 수십 명을 단 일초에 죽여서야 제대로 된 상대가 나타났기 때문이다.

땅!

"나는 무당의 청운이오."

"이팔선."

이름과 함께 이팔선의 검이 빠르게 북두칠성을 그리며 청운을 찔러갔다. 청운은 매우 빠른 그의 검에 재빨리 허리를 돌리며 칠검을 받았다.

따다다당!

금속음과 함께 불꽃이 튀었고 청운의 신형이 뒤로 밀려나갔다. 일검을 받을 때마다 그의 신형은 강한 충격에 물러서야 했고 막 신형을 바로 세우는 순간 그의 눈앞에 이팔선의 검이 보였다.

퍽!

목을 뚫고 들어온 검은 붉은 피를 머금었고 재빨리 뒤로 한발 물러선 이팔선은 검을 뽑았다. 무당파의 청운은 그렇게 몇 초식 나누지도 못한 채 이팔선의 검에 허무하게 쓰러졌다.

"이놈!"

"사형!"

큰 외침과 함께 세 명의 무당파의 제자들이 날아들었다. 그들의 검은 재빠르게 이팔선을 감싸고돌았다. 이팔선은 그들의 검기에 당황한 표정 없이 팔방을 점하며 검기를 펼쳤다.

따다다당!

요란한 금속음이 울렸고 그들이 물러서자 이팔선은 어느

새 자신을 사이에 두고 십여 명의 고수들이 포위한 것을 알았다. 심장의 박동소리가 커졌고 솜털 하나까지 곤두서는 긴장감이 엄습했다. 흥분되는 순간이다.

"좋군."

이팔선의 입가에 싸늘한 미소가 걸렸다.

강남 지부를 나서는 무사들의 후미에 정천원이 따라붙었다. 가장 앞에는 강남 지부의 무사들이었고 그 뒤로 분타의 무사들이 따랐다. 가장 후미로 붙은 정천원은 그들의 뒤로 이동 중이었다.

정천원주인 신원의 옆에는 이검영과 모용혁이 함께 하고 있었다. 노원평까지 두 시진은 가야 할 거리였고 신성교보다 미리 도착해서 진을 칠 계획이었다.

"신성교도 바보가 아닌 이상 노원평으로 우리가 온다는 것을 알고 있을 거야."

"그렇겠지."

신원의 말에 모용혁이 고개를 끄덕였다.

"처음에는 기세가 중요한데…… 육군장은 호전적인 인물이라 치고 나올 게 분명해."

"치고 나오면 우리도 나서야지."

이검영이 대답 후 다시 말했다.

"수적이나 사파 놈들만 상대하다가 느닷없이 신성교를 상대해야 하니 긴장하지 않을 수가 없네."

"그냥 아무 생각 없이 미친개를 팬다고 생각해. 그냥 쉽게 생각하고 평소에 하던 대로 하면 될 거야."

모용혁의 말에 이검영이 웃으며 말했다.

"그러는 너는 어제 잠도 못 잤잖아? 긴장해서 검을 품고 밤새 뭔가 중얼거렸다던데?"

"누가 그래? 나처럼 뛰어난 고수가 잠을 못 자다니?"

"네 동생."

이검영이 시선을 슬쩍 뒤로 던지자 모용혁은 인상을 찌푸렸다. 모용하가 했다고 하니 반박할 말이 없었다.

"시집이나 갈 것이니 왜 자꾸 맹에 남는다고 그러는지 원 쯧! 결국 이런 위험한 일에도 나서야 하고 나는 그런 여동생을 보호해야 하는 오빠의 입장이 돼 버렸잖아. 마음에 드는 여자라도 만나면 좀 어찌해 보려고 하는데 여동생 눈치가 보여서 그러지도 못하고. 다 마음에 안 들어."

모용혁은 정말 짜증 난다는 투로 말하며 혀를 찼다. 그들의 뒤로 냉소소와 모용하, 남소유가 함께 걸어오고 있다가 그 소리를 들었는지 살기를 보였다.

"그래도 보기는 좋아."

"귀찮을 뿐이다."

이검영의 말에 모용혁은 고개를 저었다.

해가 중천에 올라 노원평의 초입에 들어선 천예당은 고개를 돌려 삼천에 달하는 수하들을 훑었다. 그녀의 옆에 모용상이 있었고 그는 아무도 없는 노원평을 바라보며 말했다.

"마교는 내일이 되어야 도착할 듯하니 오늘은 푹 쉬는 게 좋을 것 같네."

"같은 생각이야."

천예당이 그의 말에 고개를 끄덕이며 수하들에게 휴식을 알리려 했다. 그 순간 거대한 빛무리와 함께 사람의 그림자가 십여 장의 거리를 뛰어 넘어 날아들었다.

"와하하하하! 기다리다 숨넘어가는 줄 알았다. 무림맹의 오합지졸(烏合之卒)들아!"

삼 장의 높이에서 떨어지는 거대한 도강과 육중한 그림자는 모두를 놀라게 하기 충분했다.

"피해!"

"산개하라!"

"모두 피해라!"

콰쾅! 쾅!

"크악!"

"아아악!"

삽시간에 천예당의 인근으로 떨어진 거대한 도강의 빛은 사방으로 그 위력을 발산하였고 흙먼지와 함께 거대한 폭풍우를 만들어 주변을 초토화시켰다. 그 도강에 휘말린 무사들이 비명과 함께 피를 뿌리며 흩어졌다.

먼지구름 속에 거대한 대감도를 든 육군장의 모습이 나타났다. 그때 함성 소리와 함께 천여 명의 신성교 무사들이 일제히 노원평으로 쏟아져 나와 무림맹의 무사들을 향해 달려 나갔다.

"와아아아!"

"죽여라!"

급작스러운 공격이었고 미처 준비할 시간적 여유도 없는 기습이었다.

'이런⋯⋯!'

천예당은 기선을 제압당했다는 것을 알고 입술을 깨물었다.

단 한 번의 도약과 도강을 펼치면서 막강한 위력을 과시하려는 도전적 행동이었다. 육군장은 입가에 미소를 그리며 천예당을 향해 빠르게 달려들었다. 그녀가 검의 손잡이를 잡는 순간 달려든 것이다.

"강남 지부의 천 부주는 여중제일이라 그 검이 매섭고

날카롭다 들었다. 어디 그 검 솜씨를 한번 구경해 보자!"

육군장의 외침 소리와 그의 커다란 대감도가 허공을 가르며 천예당의 몸을 두 동강 내려는 듯 떨어졌다. 천예당은 놀란 표정으로 재빨리 검을 뽑으며 내력을 운용했지만 갑작스러운 공격에 당황할 수밖에 없었다. 다급히 검을 들어 머리 위를 막았다.

쾅!

"큭!"

츠츠츠!

그녀의 검과 육군장의 도가 부딪치는 순간 천예당은 저도 모르게 신음성과 함께 뒤로 일 장이나 밀려 나갔다. 강렬한 충격에 손이 떨어지는 고통을 느꼈고 입술을 더욱 강하게 깨물어야 했다. 육군장은 뒤로 한발 물러선 뒤 다시 대감도를 어깨 위로 쳐들었다.

"어이! 천 부주, 준비할 시간을 줘야 했나?"

손끝에서 느껴지는 천예당의 검이 가벼웠기에 육군장이 미소로 물었다. 그 모습에 천예당은 굳은 표정을 보이며 검을 늘어뜨렸다.

"크아악!"

"악!"

따다다당!

그때 병장기 소리와 함께 삽시간에 두 무리가 부딪쳤고 커다란 싸움이 일어나기 시작했다. 피와 살이 튀는 소음과 비명성이 난무한 혼잡한 상황이 되었다. 그 순간 육군장의 눈에 저 멀리서 빠르게 날아오는 한 사람이 보였다.

　"육 선배! 오랜만에 뵙소이다!"

　휘리리릭!

　허공을 가르고 바람처럼 뛰어오른 그림자는 금빛 광채와 함께 육군장을 향해 떨어져 내렸다. 그는 신원이었다. 그를 알아본 육군장의 안광에 살기가 걸렸다.

　"이놈! 살아 있었구나!"

　쉬아악!

　허공을 향해 삼도를 휘두르며 빠르게 앞으로 나가는 육군장의 도기 사이로 금광이 번뜩였다.

　파파파팟!

　도기와 검기가 휘몰아쳤고 삽시간에 두 사람의 그림자가 빠르게 접근했다.

　따당!

　금속음과 함께 좌우로 날아든 대감도를 쳐 낸 신원은 어느새 일 장의 거리에 육군장과 마주 보고 서 있었다.

　"건강한 모습으로 다시 보게 되어 다행입니다."

　"귀찮은 새끼…… 여전하구나."

육군장은 신원이 까다로운 고수라는 것을 제대로 파악하고 있었다. 바닥에 침을 뱉으며 양손으로 대감도를 쥐었다. 그가 양손으로 대감도의 손잡이를 쥐는 상대는 몇 없었고 그만큼 신원을 인정한다는 뜻이었다.

"애송이 녀석…… 이제는 정천원의 원주가 되었다고 들었다. 축하하마. 애송이가 많이 컸구나?"

"강호에 이름을 날린 것뿐이지요, 그것보다 육 선배는 전보다 더 젊어진 것 같습니다? 회춘약이라도 드십니까?"

"입담은 여전하군."

육군장은 어이없다는 듯 미소를 보였다. 그때 '쉭!' 거리는 날카로운 파공성이 귓가로 들렸다.

팍!

"크악!"

살이 튀는 소리와 함께 세 명의 무사가 피를 토하며 쓰러졌고 송지홍의 주변 삼 장 안으론 아무도 접근하지 못하고 있었다. 그녀의 모습을 슬쩍 눈으로 담은 신원은 곧 천예당이 막아선 것에 고개를 끄덕였다.

육군장도 시선을 돌려 그 모습을 확인한 후였다. 신원이 금검을 늘어뜨린 채 궁금한 표정으로 물었다.

"이렇게 강남 깊숙이 들어온 이유가 무엇이오?"

"나는 교주의 명에 따를 뿐이네, 그 이유를 내가 어찌 알겠나?"

"특별한 이유 없이 강남까지 왔다는 말이오?"

"그럴 리가 있나? 이건 무림과 본 교의 천 년간 이어져 온 돌고 도는 수레바퀴와 같은 이유네."

육군장의 말은 두 세력은 절대 하나가 될 수 없다는 말과 도 같았다.

"서로 싸우고 죽이고 피를 뿌리고……. 그게 우리의 관계네."

팟!

먼저 움직인 것은 육군장이었다. 그의 신형이 제비처럼 낮고 빠르게 신원을 향해 날아들더니 커다란 대감도가 반원을 그리며 신원의 허리를 잘라 갔다.

도기를 머금은 그의 도는 매우 강하고 빠르게 날아들었다. 휭! 거리는 바람 소리가 크게 울렸다.

신원의 검이 금색으로 번뜩이며 날아드는 육군장의 도를 막았다.

깡!

강하고 큰 금속음이 울렸고 신원의 표정이 굳어졌다. 검 날을 타고 전해지는 강렬한 충격파가 상당히 컸기 때문이 다. 육군장 역시 자신의 도세를 마주하고도 밀려나지 않은 신원의 모습에 내심 놀라고 있었다.

강한 내력과 거대한 대감도의 풍압과 힘이 모두 하나가
된 공격이었고 보통은 막기보단 피하는 일이 많았다. 하지
만 신원은 피할 수가 없었다. 자신의 뒤 삼 장 정도의 거리
에 사람들이 싸우고 있었기 때문이다.

"전보다 더 강해진 느낌이야?"

육군장은 싸늘하게 묻자 신원은 미소를 보였다.

"육 선배를 이기기 위해 노력했지요."

팟!

검을 위로 뿌리며 육군장을 뒤로 밀어낸 신원은 재빠르
게 팔검을 찔렀다. 그의 검이 금빛으로 반짝이며 긴 선을
만들었다. 팔방을 점하고 날아드는 금사에 육군장은 재빨
리 도기를 뿌렸다.

따다다당!

팔검을 모두 쳐 낸 육군장은 재빨리 쥔 손의 아래위 위
치를 바꾸며 한 바퀴 돌았다. 그러자 강렬한 도풍이 도광과
함께 번뜩였다.

콰쾅!

육군장의 패산도법이 도강의 기운을 내포한 채 거대한
반달처럼 밀려왔다. 신원은 인상을 찌푸리며 내력을 끌어
올려 그 중앙으로 금광추를 펼쳤다. 거대한 폭풍과 함께 금
강추의 강렬한 금빛이 사방으로 번뜩였다.

"모두 물러서라!"

신원의 사자후가 크게 터졌고 도강과 금빛이 마주쳤다.

콰콰쾅!

강렬한 폭음성과 함께 사방으로 폭풍이 휘몰아쳤다. 주
변의 무사들이 그 둘의 싸움에 휘말리지 않기 위해 십여 장
이나 떨어졌다.

"크악!"

눈앞에 있는 무사의 가슴에 검을 찌른 남소유는 거친 호
흡을 토하며 피에 젖은 검을 뽑았다. 상대의 배를 발로 차
며 검을 뽑자 피가 얼굴에 튀었지만 닦아야 한다는 생각이
들지 않았다. 뜨거운 혈향이 코를 간지럽혔지만 후각이 마
비된 듯 아무런 냄새도 느낄 수 없었다. 그것보다 그저 눈
앞에 신성교의 무사가 달려드는 것만 보일 뿐이었다.

잠시의 실수로 죽을지 모른다는 긴장감에 온몸의 신경
은 예민해져 있었고 피는 끓어 오른 상태였다.

'죽을 수 없어.'

이런 곳에서 절대로 죽을 수 없다는 생각이 그녀의 머리
를 지배한 지 오래였다. 모용하는 모용혁과 어디로 사라졌
는지 어느새 시야에서 없어진 상태였고 냉소소의 모습 또
한 찾을 수 없었다.

"핫!"

기합성과 함께 신성교의 무사가 빠르게 검으로 복부를 찔러 왔다. 가장 막기 힘든 명치 부분을 찔러오자 신형을 비틀어 피하며 검으로 겨드랑이 밑 늑골을 쑤셨다.

퍽!

강하게 검을 찔렀기에 늑골 사이로 검이 들어가는 싸늘한 소음이 귀에 울렸다. 검을 뽑기 위해 힘을 줄 때 늑골에 끼인 듯 검이 멈췄고 눈을 부릅뜬 무사는 입에서 피를 토하고 있었다.

파팟!

날카로운 소음과 함께 두 명의 신성교 무사가 남소유의 주춤거리는 모습을 발견한 듯 달려들었다. 남소유의 표정이 굳어졌고 온 힘을 다해 검을 뽑았다. 그 순간 두 개의 검은 어느새 남소유의 목과 복부로 다가왔다. 재빨리 뒤로 한 발 물러서며 막으려던 검은 목을 향한 검만 튕겼다.

슥!

"큭!"

복부를 향한 검은 아슬하게 피해 옆구리를 지나쳤다. 그 순간 목을 찌르다 튕겨 나갔던 무사가 다시 목을 찔렀다. 매우 빠른 동작이었고 군더더기 하나 없었다. 남소유는 본능적으로 눈을 감았다.

따다다당!

퍼퍽!

남소유의 귓가로 금속음이 울렸고 바람 소리와 함께 회오리치는 느낌이 들어 저도 모르게 눈을 뜬 그녀의 눈에 익숙한 인영의 뒷모습이 보였다.

"너 혼자 왜 이렇게 멀리 떨어져 있어?"

고개를 돌린 이검영은 미소를 보였다.

"아……."

"이리와."

이검영이 그녀의 손을 잡고 재빨리 좌측의 무사들을 베어 버리며 삼 장이나 이동했다. 그러자 냉소소와 모용하가 보였다.

이검영은 남소유를 그녀들 사이에 밀어 넣으며 말했다.

"여기서 셋이 방어만 하고 있어. 금방 끝날 것 같으니까."

이검영은 말과 함께 고개를 돌려 전장을 바라보았다. 그 모습을 남소유는 눈으로 좇고 있었다.

콰쾅!

멀리서 폭음성이 울렸고 금빛과 은빛이 번뜩였다. 그 옆으로 또 다른 곳에서 폭음성이 울렸고 강렬한 바람이 휘몰아쳐 왔다. 두 싸움터를 바라보던 이검영은 천천히 앞으로 걸었다.

"어디 있었어?"

"좀 떨어졌었어."

모용하가 어깨를 툭 치며 묻자 남소유가 대답했다. 그녀
와 모용하와 냉소소가 삼각형을 그리고 선 상태로 그 자리
에 서 있었다. 그러자 접근하는 신성교의 무사들은 눈에 띄
지 않았다. 하지만 전장의 모습을 눈에 담을 수 있었다.

"나서지 말고 이대로 있어."

냉소소의 말에 모용하와 남소유가 고개를 끄덕였다. 남
소유는 이검영의 뒷모습을 여전히 좇았고 곧 그가 무림맹
의 무사들을 쓸어 넘기는 강풍에게 나아가는 것이 보였다.

"위험한데……."

남소유는 자신도 모르게 중얼거리며 이검영을 눈에 담았
다.

파파팟!

바람 소리와 함께 이검영의 도가 회오리치며 강풍을 향
해 날아들었다. 강풍 역시 강렬한 도기를 느낀 듯 뒤로 이
장이나 물러서며 이검영의 도풍을 받아쳤다.

파팟!

도기와 도풍이 허공중에 바람이 되어 사라졌고 두 사람
의 신형이 빠르게 접근하며 수십 개의 도영을 만들었다.

따다다당!

금속음과 함께 두 사람의 신형이 환영처럼 늘어난 뒤 줄어들다 다시 한 번 늘어난 채 주변 오장 여를 휘몰아쳤다. 그리고 그 공간을 자신들만의 싸움터로 쓰기 시작했다.

서로에게 반 장 정도의 거리로 물러선 강풍과 이검영은 차가운 살기를 내뿜고 있었다. 이검영은 강풍의 멸화십삼도의 초식과 함께 펼쳐진 열화일기공의 뜨거움에 미간을 살짝 찌푸렸다. 지금까지 이 정도의 열기를 가진 무공을 직접 경험한 것은 처음이었기 때문이다.

'강호쌍벽이라 불리는 종마용 선배의 향기가 나는 놈이군.'

이검영은 신원과 비무를 펼쳤던 종마용의 화기를 떠올리며 생각했다.

강풍은 이검영의 도법이 간결하고 빠르면서도 풍압이 높다는 것에 천기문을 떠올렸다.

"확실히 무림이 넓긴 넓군. 천기문이냐?"

"눈썰미가 좋은데? 네놈도 그냥 신성교도는 아닐 테고…… 누구지?"

"강풍이다."

"이검영이다."

둘은 서로의 이름을 듣는 순간 상대방에 대해 들은 적이 있는 듯 고개를 끄덕였다. 강풍의 우장이 번개처럼 이검영의 복부를 향했다. 이검영은 재빨리 가볍게 뛰어오르며 일도를 휘둘렀다.

붕!

강한 도풍이 강풍을 몰아쳤고 그의 신형이 뒤로 두어 걸음 물러섰다. 그 순간 이검영의 도가 번개처럼 좌우로 사선을 그리며 날아들었다. 은빛 도기가 밀려오자 강풍은 도를 들어 막았다.

쾅!

그리 크지 않은 폭음 소리와 함께 강한 바람이 몰아쳤다. 그 사이로 강풍과 이거명의 신형이 또다시 서로에게 달려들었다.

땅! 땅! 땅!

한 번씩 검과 도가 마주칠 때마다 강렬한 금속음이 사방으로 퍼져 나갔다. 검을 든 신원의 손이 육군장의 도에 비해 빠르고 간결하게 움직였지만 좀처럼 육군장에게 접근할 수가 없었다.

패산도법의 강렬한 힘과 도강의 위력은 몸소 경험하지 못한 사람이라면 그 위력을 모를 것이다.

신원은 온몸이 부서질 것 같은 충격을 느끼면서도 물러

서지 않았다. 과거라면 분명 큰 내상을 입었겠지만 지금은
과거와 달리 한 단계 더 높아진 무공 수준이었다. 그렇기에
그의 패산도법의 내력을 뒤로 흘리면서 받아내고 있었다.

좀 더 능숙해진 검법을 구사했고 육군장도 신원의 변화
를 내심 눈치채고 있었다.

"육선배의 도법이 너무 강해 쉽게 접근할 수가 없구려."

"네놈의 검도 한층 더 날카롭게 변했구나."

육군장은 살기를 보이며 말한 뒤 패산진격의 초식으로
앞으로 나아가며 도를 땅에서 위로 쳐 올렸다. 그러자 수십
개의 도기가 마치 송곳처럼 솟구치며 신원의 전신을 베어
갔다.

신원은 재빨리 몸을 띄우며 회전함과 동시에 금광파의
초식으로 수십 개의 검기를 사방에 뿌렸다.

따다다당!

검기와 도기가 부딪쳤고 신원의 신형을 향해 거대한 도
강이 몰려들었다. 신원은 예상이라도 한 듯 금천풍의 초식
으로 검강을 만들며 육군장의 대감도를 받았다.

쾅!

강렬한 폭음과 흙 폭풍 사이로 다섯 개의 금빛 섬광이 먼
지구름을 뚫고 육군장을 향했다. 육군장이 놀라 도면을 들
어 얼굴을 막았다.

따다다당!

요란한 금속음과 함께 그의 신형이 뒤로 십여 걸음이나 밀려나갔다. 어느새 신원이 다가오고 있었다.

"지공."

육군장은 신원의 천뢰지가 가진 위력에 놀란 표정을 보이며 삼도를 횡으로 휘둘렀다. 세 개의 도기가 회오리처럼 신원을 향해 몰아쳐 갔다. 신원은 좌수를 내밀었고 금빛 섬광이 피어났다.

천뢰신수를 펼친 것이다.

파파팟!

도기가 흩어졌고 그 사이로 금빛 환이 강렬한 회전과 함께 육군장을 향해 날아들었다. 검환의 강함을 잘 아는 육군장은 도강을 펼쳐 막았다.

쾅!

강렬한 폭음과 그의 신형이 흔들렸고 뒤로 밀려나가는 순간 세 개의 천뢰지가 날아들었다. 신원이 정신없이 육군장을 몰아치기 시작했다.

第五章

빈틈은 존재한다

　강서 지부와 강남 지부의 대신성교와의 교전에 대한 내
용이 전서를 통해 빠르게 무림맹으로 날아들었다.

　해가 떨어진 무림맹의 하늘은 많은 별들로 가득 찼으며
수많은 등불들이 맹을 밝게 비추고 있었다.

　중천원의 대전 안으로 장원중과 그의 수하들이 모습을
보였다. 그들은 대전의 중앙에서 곽위가 오기를 기다렸다.
곧 좌측문이 열리고 곽위가 모습을 보였다.

　그가 모습을 보이자 모두들 허리를 깊숙이 숙였다. 곽위
는 곧 태사의에 앉았고 수염을 쓰다듬으며 말했다.

　"보고하게."

"예."

장원중이 대답 후 곧 고개를 들고 빠르게 말했다.

"신성교의 교도들이 오늘 오후 강서 지부를 공격하였고 상당히 많은 피해를 입은 것을 보입니다. 아직 교전 중인지 끝이 난 것인지 전서가 들어오는 대로 가지고 오라 일렀습니다."

"강남은 어떤가?"

"강남도 강서 지부와 마찬가지의 상황입니다."

"패착을 보일 곳은 없겠지?"

"당연히 없습니다. 내일 아침까지 강서 지부와 강남 지부가 신성교를 몰아냈다는 소식이 올라올 것입니다."

곽위는 장원중의 보고에 만족한 듯 고개를 끄덕이며 수염을 쓰다듬었다. 그때 대전의 문이 열리고 태정원의 무사가 재빨리 허리를 숙이며 들어와 장원중의 옆에 부복한 뒤 전서를 내밀었다.

"방금 강서 지부에서 날아온 전서이옵니다."

"수고했네."

장원중의 대답에 수하는 뒤로 물러섰다. 장원중은 전서를 펼쳐 읽은 뒤 곽위의 앞으로 다가가 양손으로 전서를 내밀었다.

"강서 지부에서 신성교의 교도들이 후퇴하고 있다는 보

고이옵니다."

곽위는 장원중이 내미는 전서를 손에 쥐고 펼쳤다. 곽위
의 시선이 전서로 향하는 바로 그 순간 인기척과 함께 장원
중이 어느새 곽위의 옆에 바짝 붙었다.

곽위는 눈을 부릅떴고 시선을 돌려 자신의 우측에 붙은
장원중을 쳐다보았다.

"이게…… 무슨 짓인가?"

곽위의 목소리는 살짝 떨렸다. 그의 우측 가슴에 작은 비
수가 박혀 있었다. 비수를 쥔 손의 주인은 장원중이었다.
피가 흘렀고 곽위의 어깨가 살짝 떨리기 시작했다.

장원중은 은근한 미소를 입가에 그리며 속삭이듯 말했
다.

"지금 이 순간을 위해 오랜 시간을 기다려 왔소."

곽위의 눈은 무수히 많은 말들을 하고 있었다. 지금의 상
황과 가슴에서 느껴지는 고통이 마치 현실이 아닌 듯 느껴
졌다. 하지만 분명 피는 흘러내렸고 가슴은 뜨거웠으며 숨
을 쉬는 장원중의 눈빛은 현실이었다.

"이놈!"

순간적으로 우수가 장원중의 옷깃을 잡음과 동시에 좌수
가 그의 얼굴로 향했다. 장원중이 놀라 눈을 부릅뜨며 양팔
로 얼굴을 막았다.

쾅!

"큭!"

폭음과 함께 장원중의 신형이 우측 문을 부수고 밖으로
튕겨 나갔고 그 순간 밖에 있던 무사들이 일제히 안으로 들
어왔다. 위천대의 무사들이었다. 그때 장원중의 수하로 서
있던 한 사람이 매우 빠르게 검을 빼 들고 사방을 휘몰아치
며 위천대의 무사들을 삽시간에 도륙하기 시작했다.

"적이다!"

"크악!"

"암습이다!"

외침 소리가 터졌고 위천대의 무사 몇 명이 매우 빠르게
대전을 빠져나갔다. 그 사이로 검을 든 장원중의 수하가 번
개처럼 움직이고 있었다. 그는 유만세였다.

퍽!

둔탁한 소리에 고개를 돌린 유만세는 대전의 벽면에 서
있는 곽위를 볼 수 있었다.

곽위는 어이없다는 듯 자신의 복부를 뚫고 들어온 붉은
혈도를 쳐다보았다.

주륵!

입술을 뚫고 검붉은 피가 흘렀다. 고개를 들자 젊은 청년

이 그의 눈에 들어왔다.

"자네는…… 누군가?"

곽위는 살기를 보이며 물었지만 온몸에 힘이 들어가지 않았다. 극독이 발라진 비수가 여전히 가슴에서 반짝이고 있었기 때문이다. 독은 온몸으로 퍼져 나간 상태였고 힘을 잃은 그에게 임초월의 혈도를 피할 힘은 없었다. 반격조차 할 수 없는 몸이었다.

"이렇게 얼굴을 마주 보는 것은 처음인 듯하군."

"마교인가?"

곽위가 묻자 임초월은 고개를 끄덕이며 혈도의 손잡이를 잡았다.

"신성교의 교주 임초월이오."

"훗!"

곽위가 어이없다는 듯 미소를 보였다. 신성교의 교주가 무림맹의 중천원에 들어올 때까지 아무도 알지 못했다는 것에 흘러나온 허탈한 웃음이었다.

"언제부터…… 무림맹에 신성교의 교도들이 이렇게 깊숙이 들어왔단 말인가?"

"돌아가신 전 교주님의 암살을 사주한 게 당신이 맞소?"

곽위는 임초월이 자신의 물음을 무시한 채 궁금한 것을 물었지만 신경 쓰지 않았다. 어차피 온몸에 힘이 빠져나간 상태였고 오래 살 수 없다는 것을 느낀 후였기 때문이다. 그의 뇌리에 죽음이란 단어가 스쳐 지나갔다.

"내가 했지……."

곽위가 고개를 천천히 끄덕였다. 그 순간 임초월은 그의 복부에 박혀 있는 혈도를 뽑아 듦과 동시에 횡으로 그었다.

퍽!

곽위의 머리가 바닥을 굴러 대전에 떨어졌고 임초월은 차가운 표정으로 도를 거둬들였다.

땡! 땡! 땡! 땡!

삐이익!

타종 소리와 휘파람 소리가 허공을 갈랐으며 어지러운 발걸음 소리가 울렸다.

"적이다!"

"암습이다!"

파파팟!

대전의 문을 뚫고 수십 인의 위천대의 무사들이 모습을 보이자 임초월의 입가에 미소가 걸렸다. 그의 전신으로 강렬한 투기 발산되었다.

콰콰쾅!

중천원의 거대한 대전이 무너져 내리기 시작했다.

삐이익!

하늘 높이 솟구치는 소리에 놀란 공지는 업무를 보던 자리에서 검을 챙겨 들고 벌떡 일어섰다.

"무슨 일이냐!"

그녀의 목소리에 밖에서 수하들이 들어왔다.

"중천원에 살수가 침입한 모양입니다."

"뭐라!"

공지는 놀란 표정으로 눈을 크게 뜨며 재빨리 밖으로 나갔다.

"살수라고? 중천원에서?"

콰쾅!

그때 폭음성과 함께 저 멀리 보이는 중천원의 지붕이 무너지는 게 보였다. 공지의 표정이 굳어졌고 그녀의 옆에 어느새 냉군위가 모습을 보였다.

"원주님."

"그래. 보아하니 일이 크게 벌어진 모양이다. 나는 중천원으로 갈 터이니 자네는 정문을 맡아 주게."

"예!"

대답과 함께 공지는 수하들과 함께 무림맹의 정문으로 향했다. 냉군위의 신형은 어느새 담을 넘어 중천원을 향해 가고 있었다.

신법각주 조하성과 수호각주 장고운도 모습을 보였고 그들은 중천원으로 가는 입구 쪽으로 향했다.

콰쾅!

폭음성이 일어났고 많은 수의 사람들이 밀려 나왔다. 그들은 위천대의 옷을 입고 있었으며 개중에는 태정원의 무사들도 있었다.

그들의 검이 매우 빠르게 앞을 막아서는 무림맹의 무사들을 향했다. 같은 무림맹의 사람들이라 생각했던 무사들은 미처 방어할 틈도 없이 피를 뿌려야 했다.

"으악!"

"컥!"

"헉!"

"적이다!"

놀라는 사람들과 소리치는 사람들의 목소리가 하늘 높이 솟구쳤다. 한순간에 누가 적인지 아군인지 구별이 안 되게 많은 사람들이 섞여 들었다.

정문에 도착한 공지는 수많은 무림맹의 무사들이 서로에게 검을 겨누고 싸우는 모습에 놀란 표정을 보였다.

"죽어라!"

"간악한 마교 놈들!"

외침성과 함께 검 빛이 난무했고 동료였던 무사들이 서로를 죽이고 있었다. 공지의 표정이 굳어졌고 밖으로 나가려는 무리들을 살피며 외쳤다.

"정문을 사수해라!"

공지는 외친 뒤 재빠르게 달려 나가 문 쪽으로 향하는 무사들을 베어 넘겼다. 그런 그녀의 눈에 그들의 허리춤에 걸려 있는 황색 수실이 보였다.

"허리에 황색 수실을 찬 놈들이 마교 놈들이다!"

그녀의 외침에 일순간 혼란했던 사람들이 허리춤을 살핀 뒤 재빠르게 황색 수실을 허리에 찬 무사들을 향해 공격했다.

"크악!"

비명성이 울렸고 삽시간에 무림맹의 정문의 혼란이 빠르게 사그라졌다. 서로가 적인 줄 알고 공격했던 무사들도 그제야 안정을 찾는 듯했다. 그 순간 강렬한 폭음과 함께 거대한 섬광이 날아들었다.

"피해!"

공지가 외치며 피했고 거대한 섬광은 정문을 향했다.

콰쾅!

폭음성이 울렸고 그곳에 혈도를 든 임초월이 모습을 보였다. 공지의 눈이 커졌고 그 뒤로 수십 인의 무사들이 달려 나오고 있었다.

정문에 모습을 보인 임초월은 혈도를 손에 들고 주변으로 물러선 무림맹의 무사들을 둘러보다 눈을 반짝이며 혈도를 휘둘렀다.

쉬쉬쉭!

바람 소리가 울렸고 혈광과 함께 그의 수십 개의 도기가 사방 오 장여나 퍼져 나갔다. 모두들 놀라 뒤로 물러섰고 그 사이 유만세가 빠르게 정문을 빠져나갔다.

팡!

땅을 박찬 임초월의 신형이 순식간에 이십여 장이나 날아가 대로 위로 사라져 갔다. 그때 그들을 쫓아 수십 인의 무인들이 정문을 빠져나갔고 그 사이로는 냉군위의 모습도 보였다.

파팟!

"쫓아라!"

"절대 놓칠 수 없다!"

장로들의 외침성과 무림맹의 무사들이 소리치는 모습이 공지의 눈에 잡혔다. 그녀는 임초월이 마지막에 휘두른 혈도의 도기를 정신없이 막은 상태였고 막 정신을 수습한 상황이었다. 그녀의 눈에 서초구가 보였다.

"서 원주님."

"아, 공 각주."

"중천원의 사정은 어떻습니까?"

서초구가 안색을 바꾸며 고개를 저었다.

"참담하네. 간자들까지 합세해서 적아를 구분하기 힘들 만큼 맹 전체가 소란스러웠네. 지금은 수습을 다해 가고 있는 상태지만…… 자네가 중천원으로 가서 수습하게나."

"예."

공지는 대답 후 수하들과 함께 중천원으로 향했다. 그때 그의 눈에 남궁진이 보였다.

"늦었군?"

"갑작스러운 적의 기습으로 늦었습니다."

남궁진의 피에 젖은 옷자락과 검날에 공지는 고개를 끄덕였다.

"암습이라도 당했나?"

"제 방에 있던 세 명의 무사가 갑자기 살수를 펼쳤고 제게도 기습을 했지만 다행히 저는 무사합니다."

"공정각에 간자가 세 명이나 있었다니……."

공지는 싸늘한 표정으로 중얼거리며 내부에 깊숙이 침투한 신성교의 간자들을 모두 색출해야 한다고 생각했다. 그건 남궁진도 같은 생각일 것이다.

"나는 중천원을 가야 하니 남궁 각주가 호법원에 침투한 간자들을 이 기회에 모조리 색출해 주게."

"알겠습니다."

남궁진은 대답 후 다시 호법원으로 향했고 공지는 중천원으로 빠르게 이동했다.

"이럴 때 그놈이 있었으면……."

문득 신원의 얼굴이 떠올랐다. 그가 옆에 있었다면 분명 큰 도움이 되었을 것이다.

쾅!

노원평의 십여 장을 넘어 이십여 장의 공터를 육군장과 신원이 사용했다. 그리고 우측으로 삼십여 장의 거리에 천예당과 송지홍이 있었다. 그녀들도 십여 장의 공터를 싸움터로 사용하고 있었다. 그 거리 이상 들어가기 힘들었으며 그 싸움을 중심으로 신성교와 무림맹이 갈라선 상태였다.

송지홍은 접근하려는 천예당을 자신의 애병인 적편을 통해 일정한 거리를 유지하며 막고 있었다.

천예당도 무리하지 않고 송지홍의 빈틈을 노리며 적편을 막아 내고 있었다. 전후좌우(前後左右) 사방을 휘감아 날아드는 적편의 움직임은 마치 뱀이 움직이는 듯했고 검으로 상대하기 매우 까다로웠다.

그나마 천예당의 화산검법인 칠십이로매화검법은 변화

가 다양해 휘감아 오는 그녀의 적편을 적절히 막아 낼 수 있었다. 하지만 접근해서 공격까지 가기엔 너무 먼 거리였다.

쾅!

폭음성이 울렸고 흙먼지가 사방으로 회오리쳤다. 그 먼지구름이 송지홍과 천예당을 덮쳤고 둘은 재빨리 검기와 편풍으로 회오리를 몰아쳤다.

흙먼지를 걷어 낸 뒤 둘은 잠시 서로를 노려보며 물러섰고 슬쩍 시선을 돌려 육군장과 신원을 살폈다.

파파팟!

수십 개의 도기와 검기가 난무하며 두 사람의 그림자는 매우 빠르게 서로의 빈틈을 노리고 있었다. 불과 일 장의 거리에서 어우러진 두 사람의 모습에 사람들의 시선이 집중될 수밖에 없었다.

따다당!

머리와 목을 노리고 베어 가는 신원의 검을 육군장은 거대한 대감도로 영민하게 막았다. 그 직후 그의 신형이 반보 우측으로 돌아가며 대감도가 도풍과 함께 신원의 허리를 잘라 갔다. 신원은 재빨리 반 장 뛰어오르며 피한 뒤 재빨리 검기를 발산해 그의 목을 잘랐다.

육군장은 도를 들어 검기를 막았고 재빨리 일도양단의

초식으로 머리 위에 올린 대감도를 내리쳤다.

핑!

신원의 신형이 우측으로 일장이나 회전하며 빠르게 돌았다. 십여 개의 금빛 검기가 발산되었다. 피하는 행동과 공격을 동시에 하였고 찰나의 틈도 주지 않는 신원의 검기를 육군장은 도기로 막았다. 그 직후 반 장이나 앞으로 달려가며 그의 허리를 잘랐다. 신원의 금빛 검기가 육군장의 도를 막았다.

땅!

웅! 웅!

마주친 금검이 울었고 대감도가 흔들렸다. 육군장은 내력을 모아 신원을 밀어내고 있었다. 순간 그의 왼손이 도신의 머리를 잡으며 눌렀고 도날이 어느새 신원의 어깨까지 다다랐다.

"그만 좀 목을 내놓지?"

이마에 힘줄이 튀어나온 육군장의 입에서 싸늘한 목소리가 흘러나왔다. 땀방울을 흘리는 신원의 입이 움직였다.

"힘이 좋소이다."

"애송이 녀석."

육군장의 비아냥거리는 목소리가 귀에 거슬렸지만 신원은 담담하게 미소를 보였다.

"아직까지 말할 힘이 남아 있는 것으로 보아 삼 푼의 힘은 남겨둔 모양입니다."

"애송이를 상대하는데 절반의 힘도 과분하지."

"힘이 남았다는 말씀이군요? 그런데 표정은 좋지 못합니다."

신원의 말에 육군장은 인상을 찌푸리며 내력을 더 끌어모았다. 도날이 어깨에 닿으려 하자 신원의 눈이 금색으로 반짝였고 순식간에 앞으로 밀었다. 육군장은 자신의 체력과 내력을 모두 동원해 어깨가 부러져라 누르는 상태에서도 신원의 몸에 상처 하나 입히지 못하자, 답답해서 짜증이 치솟은 상태였다.

이 정도까지 자신의 도를 막아내는 인물은 없었기 때문이다. 무엇보다 생사의 갈림길에 서 있는 상황인데도 신원은 여유가 있어 보이는 게 눈에 거슬렸다.

"그건 네놈의 상판이 개처럼 생겨서 그런 것이겠지?"

"안색도 붉으신데요?"

"입은 여전히 살아 있군."

육군장의 붉어진 안색을 노려보던 신원의 전신에서 금색 빛이 흘러나왔다. 순간 강렬한 쇳덩이가 도를 누르는 느낌이 들었고 신원은 검을 비틀어 육군장의 도를 튕겼다.

땅!

"……!"

육군장은 놀라 뒤로 일 장 가까이 뛰어올라 땅에 착지했다. 그건 스스로 한 것이 아니라 신원의 내력에 튕겨 나간 것이었고 그 힘에 몸이 저절로 움직인 상황이었다. 한순간 내력이 끊어지는 느낌이 들었고 찰나의 순간 신원의 그림자가 두 개로 늘어났다.

"흥!"

내력을 끌어올린 육군장의 신형이 매우 빠르게 회전하며 두 개의 그림자를 도기로 베어 버렸다. 그 순간 그의 눈에 금빛 실선이 보였고 번개처럼 좌측으로 회전하며 떨어졌다.

파파파팟!

육군장의 신형이 돌면서 흙먼지를 휘날렸고 금빛 선은 어느새 모습을 보인 신원의 검 끝에서 사라졌다.

"큭!"

육군장은 옆구리를 만지며 허리를 숙였다.

쿵!

대감도를 땅에 박은 그는 도에 기대어 신원을 노려보았다. 그때 빛과 함께 금속음이 울렸고 송지홍의 신형이 어느새 육군장의 뒤에 모습을 보였다. 그녀는 여전히 여유있는 표정이었고 내력도 충만해 보였다.

"썩을…….."

육군장의 옆구리의 상처는 상당히 컸는지 피가 손을 타고 흘러 바지를 적셨다. 그때 옷자락 휘날리는 소리와 함께 천예당이 어느새 신원의 옆에 모습을 보였다. 그녀는 땀에 젖어 있었고 호흡도 살짝 거칠어 있었지만 눈빛은 변하지 않았다.

"괜찮으십니까?"

"물론이지."

"이쯤에서 정리하는 게 좋을 듯싶습니다."

신원의 말에 천예당은 말없이 고개를 끄덕였다. 그녀도 이 이상의 싸움은 단순한 소모전이란 생각이 들었기 때문이다.

육군장이 인상을 찌푸리며 일어나려 하자 송지홍의 그의 어깨를 잡고 고개를 저었다.

"그냥 있어."

그녀의 말은 곧 상처를 지혈하고 호흡을 가다듬으라는 뜻이었다. 그것을 모르는 육군장이 아니었지만 자존심 때문에 허리를 숙일 수 없었다.

"큭!"

똑바로 선 육군장은 소매를 찢어 허리를 감싸며 지혈했다. 그때 막도희가 바람처럼 허공을 날아와 송지홍의 옆에 내려섰다.

"무슨 일이지?"

자신들의 싸움에 끼어든 막도희의 행동에 굳은 목소리로 물었다. 막도희가 송지홍의 귀에 대고 조용히 속삭였다.

"무림맹주가 죽었습니다."

송지홍의 표정이 굳어졌고 그녀는 곧 육군장에게 시선을 던지며 고개를 끄덕였다. 그녀의 행동에 육군장은 입가에 미소를 그렸다.

"좋아!"

그는 크게 외친 뒤 다시 내력을 끌어 모았고 강력한 살기가 사방으로 휘몰아쳤다. 그는 신원을 향해 크게 말했다.

"애송이! 나랑 오늘 사생결단을 내자."

그의 투기가 갑자기 증가하자 신원은 미간을 찌푸리다 손을 들었다. 그는 육군장이 아닌 송지홍에게 시선을 던졌다.

"오늘은 그냥 여기까지 합시다. 서로 이 선에서 그만두는 것이 좋을 듯한데 어떻습니까?"

"그렇게 하지."

송지홍은 흔쾌히 수락했고 육군장의 어깨를 잡았다.

"뭔 소리야? 저 자식의 수급을 따야 직성이 풀리겠는데 그만두다니?"

"다쳤잖아? 죽고 싶어?"

"흥!"

육군장이 화를 내며 말했지만 송지홍의 차가운 눈초리에 한발 물러섰다. 그도 신원이 한 수 봐준 것을 잘 알고 있었기 때문에 더 이상 나서지를 못 했다. 신원이 좀 더 검을 깊게 베었다면 분명 허리가 반쯤은 잘렸을 것이다.

"철수한다!"

육군장은 크게 외친 뒤 미련 없이 신형을 돌렸고 그 뒤로 막도희가 따랐다. 송지홍은 여전히 신원을 쳐다보다 곧 시선을 천예당에게 옮겼다.

"화산의 무공을 제대로 보고 가네요."

"덕분에 견문을 넓혔어요. 역시나 소문처럼 봉황편은 대단하네요."

천예당의 말에 송지홍은 가볍게 읍을 한 뒤 신형을 돌렸다. 그녀가 멀어지자 천예당의 옆으로 모용상이 피에 젖은 검을 검집에 넣으며 나타났다.

"저희가 이겼습니다."

"이긴 거라 볼 수도 없지."

천예당은 노원평에 쓰러져 있는 시신들을 둘러보며 무거운 표정으로 대답했다.

"시신을 수습하고 지부로 돌아간다."

천예당의 명에 모두들 빠르게 움직이며 시신을 수습하기 시작했다. 정천원 역시 신원의 명에 신속히 움직이고 있었다. 모용하가 신원의 곁으로 다가와 말했다.

"마음에 걸리는 게 있어요."

"왜?"

"결사항전이라도 해야 할 거라 생각했는데 너무 쉽게 물러가네요."

그녀의 말에 신원은 피가 묻은 그녀의 얼굴을 쳐다보며 어깨를 다독였다.

"얻을 게 없기 때문에 물러간 것이야. 하지만…… 네 말도 일리는 있어…… 설마 성동격서의 계는 아니겠지?"

신원은 문득 머리를 스치는 생각에 인상을 찌푸렸다.

"육군장의 호기로운 모습이 마음에 걸려요."

모용하의 말에 신원은 무의식적으로 그 모습을 떠올렸다. 하지만 죽어 있는 시신들이 눈에 들어오자 생각을 접으며 말했다.

"일단 그 문제는 접어 두고 이곳을 정리하는 게 급선무일 것 같구나. 너도 고생 많았다. 다친 곳은 없지?"

"운이 좋게도 없네요."

모용하는 대답 후 미소를 보였다. 신원은 곧 냉소소에게 다가갔다. 그녀는 남소유와 함께 시신을 수습하다 신원을 발견하고 안도의 한숨을 내쉬었다.

"크게 다친 데는 없어요?"

"염려 덕분에 없소."

신원의 미소에 냉소소는 고개를 끄덕였다. 그때 옆으로 이검영이 다가왔다.

"이야, 이거 난리가 아니군그래."

"피해 상황은 어때?"

신원의 물음에 이검영이 대답했다.

"아직 파악 중이야."

신원은 고개를 끄덕였고 이검영의 시선이 남소유에게 향했다.

"어디 다친 곳은 없어? 옷에 피가 많이 묻었는데 걱정이군."

"아? 네…… 없어요. 이 선배는요?"

"별일 없지."

이검영이 미소를 보였다. 그 모습에 남소유는 눈을 반짝였고 그의 모습을 살폈다. 이검영은 곧 신원과 대화를 하며 천예당에게 향했다. 그 모습을 남소유는 유심히 쳐다보고 있었다.

"왜 그래?"

"어?"

모용하가 그녀의 어깨를 툭 치며 묻자 남소유는 정신을 차리고 고개를 저었다.

"아무것도 아니야. 그런데 이 선배 말이야…… 혼인을 안 한 거야, 아니면 안 간 거야?"

"소문으론 혼사가 몇 개 들어왔는데 모두 거절한 모양이야."

"그랬구나."

남소유는 알겠다는 듯 고개를 끄덕였고 그 모습에 모용하가 눈을 반짝였다.

"왜 그래? 갑자기 이 선배가 멋있어 보여?"

"아무것도 아니야."

남소유는 손을 저었지만 마음이 흔들리는 것을 모용하가 모를 리 없었다.

"흐응응! 친구로서 응원해 줄게."

"아니라니까."

남소유가 다시 한 번 손을 저었다.

노원평의 시신들을 정리하던 수하들의 모습을 살피던 천예당은 모용상과 함께 뒤로 빠졌다. 어차피 수하들에게 맡기면 될 일이기 때문이다.

"백여 명이 죽었고 오백여 명이 다쳤어."

모용상의 말에 천예당은 무거운 표정을 보이며 긴 한숨

을 내쉬었다.

"정천원도 오십여 명이 사망했고 백여 명이 다친 모양이
야."

"이 정도로 끝이 나서 다행인 것 같아."

"맞아."

천예당의 말에 모용상은 굳은 목소리로 대답했다. 그때
부주에서 달려오는 십여 명의 수하들이 보였다. 그들은 순
찰당의 무사들로 발이 빠른 자들이었다.

"부주님."

그들은 천예당의 앞에 부복했고 조장이 일어나 붉은색의
전서를 전했다.

"맹에서 날아온 급보입니다."

천예당의 표정이 굳어졌다. 붉은색은 특급에 해당되는
매우 중요하고 급한 뜻이었기 때문이다.

"큰 문제가 생긴 걸까?"

천예당은 아미를 찌푸리며 전서를 펼쳤다. 순간 그녀의
눈동자가 커졌고 표정이 차갑게 굳어 갔다.

"무슨 일인데?"

슥!

천예당이 전서를 모용상에게 전했다. 모용상은 궁금한
표정으로 전서를 읽었고 그의 눈동자가 흔들리기 시작했

다.

  — 맹주 사(死)

  간단하고 짧은 글귀였으나 그 내용은 거대한 것이었다.
  "무림맹으로 출발할 테니 준비해."
  모용상이 대답 없이 고개를 끄덕였다.

                    *   *   *

  낙양성을 빠져나가는 많은 사람들의 무리 사이에 농노
의 모습을 한 세 사람이 말이 끄는 수레에 있었다. 한 명은
노인이었고 둘은 부부처럼 보였다. 그들은 성문을 나와 천
천히 대로를 지나 서쪽으로 향하고 있었다.
  흔들리는 수레 위에 앉은 유만세는 늙은 노인의 모습이
마음에 드는지 수염을 쓰다듬으며 평화로운 시선으로 주변
경치를 감상했고 옆에 앉은 젊은 아낙은 피곤한 표정으로
졸고 있었다.
  마부석에 앉은 임초월은 햇살이 뜨거운지 옆에 놓인 방
립을 쓰며 말했다.
  "중원무림은 분명 큰 혼란에 빠졌을 터인데 세상은 마치

아무 일도 없었던 것처럼 평화롭게 보입니다."

"본래 천하는 한없이 넓기에 파도 한 번으로 전체를 뒤집지는 못하지요."

"그렇지요."

임초월은 유만세의 말을 순순히 받아들였다. 그의 말처럼 천하는 넓었고 사람은 많았기 때문이다.

그때 눈을 감고 졸던 송지홍이 번쩍 눈을 뜨더니 말했다.

"멀리서 말발굽 소리가 들리네요."

"그래? 자는 줄 알았더니 지청술을 펼치고 있었나?"

유만세의 물음에 송지홍은 고개를 끄덕였다.

"주변을 살펴야 하니까요."

"잘했군."

두두두두!

유만세의 말과 함께 저 멀리서 흙먼지와 함께 말발굽 소리가 요란하게 들려오기 시작했다. 십여 기의 말 위에 무림맹의 무사들이 타고 있었다. 그들은 급하게 낙양성으로 향하고 있었다.

"강서 지부의 사람들인 모양이에요."

"무림맹주가 죽었으니 급할 수밖에."

송지홍과 유만세의 말을 들으며 임초월은 수레를 대로의

옆으로 움직여 길을 비켜 줬다. 곧 십여 기의 말들이 급하게 그들을 지나쳐 갔다.

그들이 지나치자 흙먼지를 뒤집어쓰며 대로에 다시 들어선 임초월은 천천히 수레를 몰며 말했다.

"강호에 부는 피바람은 당분간 잠잠하겠구려……."

"그럴지도 모르고 오히려 더 커질지도 모르지요."

송지홍이 미소를 보이며 대답했고 임초월은 고개를 끄덕였다.

"교주님의 이번 쾌거는 두고두고 회자될 것입니다. 거기다 이 일을 계기로 교주님을 등한시하던 여러 문파들과 교도들이 따를 것이니 이거야말로 일거양득이 아니고 무엇이겠습니까? 허허허."

유만세는 기분 좋은 목소리로 호탕하게 웃었다. 그의 말처럼 무림맹주를 죽인 일은 신성교에서 입지가 없던 임초월에게 매우 큰 선물과도 같았다. 이제 그를 중심으로 신성교는 단결할 것이다.

두두두두!

거대한 사두마차를 중심으로 수십 기의 말들이 일제히 대로변을 질주하고 있었다. 사두마차 안에는 천예당과 함께 신원이 앉아 있었다. 둘은 강남 지부를 출발한 이후 거의 대화가 없는 상태였고 무겁게 가라앉은 표정으로 창밖만 응시하고 있었다.

"양동작전이란 것을 눈치챘으면서도 막지 못하다니…… 설마 이렇게 대담하게 나올 줄이야…… 내 불찰이군."

"신 원주의 불찰이 아니야. 미리 예견해서 막는다 해도 지금의 흐름을 꺾지는 못했을 것이네."

천예당이 신원의 말에 고개를 저었다. 수심에 가득 찬 신원은 무겁게 가라앉은 표정으로 어금니를 깨물었다.

아무리 생각해도 자신의 실수로 여겨졌다. 강남 지부와 강서 지부를 동시에 공격하는 것으로 예상했던 것은 적이 의도한 대로의 생각이었다. 상대의 수에 움직인 말로 여겨지자 자존심이 상할 수밖에 없었다.

"애초에 강서 지부와 강남 지부를 목표로 정하고 왔을 때 그들이 가져갈 목적이 무엇인지 파악했어야 했는데…… 그들이 얻는 것은 명성과 함께 큰 승리라고 여겼건만…… 그게 아니었습니다. 그들의 목적은 무림맹의 붕괴였지요."

"큰 칼이 들어온 것은 사실이나 이 정도로 무너질 무림이 아니야."

천예당의 말에 신원은 고개를 끄덕였고 천예당이 궁금한 듯 물었다.

"자네의 생각에 이 이후에 어떻게 돌아갈 것 같은가?"

신원은 잠시 입을 다물고 생각했다. 이 이후가 문제라는 것을 그도 잘 알고 있기 때문이다.

"맹주님의 자리가 부재이니 그 자리를 채우는 게 급선무겠지요. 아마도⋯⋯ 전 맹주님이 임시로 그 자리를 다시 차지하실 듯합니다."

"확실한가?"

"남가의 사람들이 맹으로 들어왔다는 보고를 받았습니다."

신원의 대답에 천예당은 고개를 끄덕였다. 자신이 생각해도 전 맹주인 남군영이 임시로 앉아 준다면 흔들리는 무림이 빠르게 안정될 것으로 보였다.

"그런데 정말 안타까운 것은 검산장입니다."

"안타깝지."

천예당은 신원의 말에 동의했다. 맹주인 곽위가 죽었고 그의 제자들도 하나둘씩 모두 죽었기 때문이다. 실로 검산장의 입장에선 천재지변과도 같은 일이 아닐 수 없었다. 이제는 강북 제일의 검산장이란 말이 무색할 정도였다. 날개를 모두 잃었다고 볼 수 있었다.

"검산장이 걱정이군요⋯⋯. 그 위세에 눌렸던 다른 곳에서 검산장을 압박하기 시작할 테니⋯⋯."

"그래도 검산장이야."

천예당의 대답에 신원은 씁쓸한 표정으로 고개를 저었다. 아무리 검산장이라 해도 이제부터는 분명 하락세로 접어들 것이 분명했기 때문이다.

　해가 질 무렵 무림맹으로 들어간 신원과 천예당은 급하게 중천원으로 향했다. 무림맹의 무사들은 백의를 입고 있었으며 맹의 분위기는 무겁게 가라앉아 있었다.

　중천원의 대전에는 백여 명에 가까운 무림인들이 모여 있었다. 그들은 침묵과 함께 비어 있는 태사의를 쳐다보고 있었다. 그 자리에 앉은 사람은 이제 없기 때문에 더더욱 대전의 분위기는 어두웠다.

　그날의 참상을 보여주듯 당시의 격렬했던 싸움의 흔적들이 대전의 여기저기에 고스란히 남아 있었다.

　발소리와 함께 서초구와 장원중이 모습을 보였다. 서초구는 태사의 옆에 서서 좌중의 군웅들을 둘러보며 눈을 반짝이고 있었고 장원중은 무거운 표정으로 서 있었다.

　"삼 일 전 무림맹에 큰 비극이 있었소이다."

　"이미 그 사실은 모두 알고 있소. 도대체 어찌 된 것인지 말해 보시오?"

　"위천대는 무엇을 했단 말인가!"

　"호위무사들도 모두 죽었는가?"

　"맹주님이 마교주의 손에 어떻게 피살된단 말인가! 이

책임은 누가 질 것이오!"

서초구의 입이 열리는 순간 폭주하듯 큰 목소리들과 함께 소란스러운 소음이 대전을 가득 채웠다.

어쩌면 당연한 반응이었다. 그들은 분노했고 또한 슬퍼했다. 하지만 사람의 마음은 알 수 없는 것이었고 그들 중 과연 몇 명이나 진심으로 맹주인 곽위의 죽음을 슬퍼할지 모르는 일이었다.

"자자. 진정들 하시고 맹주님께서 부재중이실 땐 제가 대리로 맹의 대소사를 주관하였으니 당분간 제가 맹주님을 대리하겠소이다."

"헛소리 하지 말게. 아직 맹주님의 상이 끝나지도 않았는데 무슨 소리를 하는 것인가?"

"자네는 그냥 사평원주로서 사평원의 일만 잘하면 그만이네."

"맹주의 대리라고? 그 일을 왜 자네가 하는가?"

여기저기서 불만스러운 말이 터져 나왔다.

"범이 죽으니 개들이 짖는군."

누군가의 목소리에 모두의 시선이 한곳을 향했다. 그곳에 종마용이 서 있었고 그는 당연하다는 듯 사람들을 깔보는 눈빛을 던지며 좌중을 둘러보고 있었다.

"종형 말이 심하지 않소."

맹주의 호위장이었던 위검룡의 말에 종마용이 어이없다는 듯 대답했다.

"자네는 자네 일도 제대로 못 했으면서 입을 여는 것인가? 자결을 해도 열 번은 해야지?"

"말이 심하오."

서초구도 위검룡을 옹호하듯 말하자 종마용은 피식거리며 입을 닫았다.

"그만하시고 지금은 그 문제보다 급한 문제가 있어요."

그때 공지가 입을 열고 한발 앞으로 나섰다. 그녀가 나서자 서초구가 미간을 찌푸렸다.

"지금 여긴 공각주가 나설 자리가 아니네."

"이 문제는 중요한 일이에요."

서초구의 말에 공지가 차갑게 굳은 표정으로 대답하자 결국 고개를 끄덕였다. 공지가 빠르게 말했다.

"맹주님이 피살당할 당시 그 자리에 있던 사람은 모두 죽었어요. 단, 마교도들을 제외하고 말이에요."

"그렇지."

"그렇게 보고를 받았네."

맹의 간부들은 고개를 끄덕였고 공지의 시선은 장원중을 향했다.

"그런데 한 사람은 살았어요. 이곳의 상황을 보고한 당사자…… 그 한 명이죠."

"장부원주?"

서초구가 시선을 돌려 장원중을 쳐다보았다. 장원중은
모두의 시선이 자신에게 쏠리자 굳은 표정으로 대답했다.

"맹주님께 급히 보고드릴 게 있어 달려왔을 때는 이미
맹주님과 마교도들이 싸우고 있는 상태였고 저는 급하게
참전했지만…… 맹주님의 죽음을 막을 수 없었소. 좀 더 빨
리 달려와 맹주님을 지켰어야 했는데 그러지 못한 것이 천
추의 한이오."

"재미있는 말을 하는군요. 맹주님의 가슴에 비수를 박은
것은 장원중 당신이 아니었나요? 당신은 깨끗하게 마무리
지었다고 생각할지 모르지만 실수를 했어요."

"무슨 소리를 하는 것이오?"

장원중은 도대체 공지가 무슨 말을 하는지 모르겠다는
표정으로 그녀를 쳐다보았다.

'깔끔하게 마무리 지었을 터인데?'

장원중은 이미 이곳에 있던 모든 사람들을 죽였고 그 상
황을 지켜본 자들과 이곳에 자신이 들어온 사실을 본 모든
위천대를 비롯한 시비들까지도 죽인 상태였다. 그렇기 때
문에 자신이 이곳에 온 사실을 아는 사람은 분명 없었다.

공지가 말했다.

"당신은 잘 모르겠지만 맹주님께는 그림자가 있어요. 그들은 맹주님을 호위하고 심부름을 하는 존재들이었죠. 그런데 그들도 장원중 당신이 마교도라는 생각을 할 수 없었기 때문에 속수무책으로 당한 거지요."

스슥!

공지의 말과 함께 그녀의 뒤로 두 명의 그림자가 모습을 보였다. 그 모습을 본 순간 장원중의 손이 재빨리 검의 손잡이를 잡았다.

핑!

검빛이 반짝이며 순식간에 서초구의 목을 베어갔고 그보다 더욱 빨리 공지의 머리를 넘으며 냉군위의 검이 날아들었다.

땅!

강렬한 금속음이 울렸다. 냉군위의 검이 벽면에 박히는 찰나 순간적으로 주춤거리던 장원중은 서초구를 죽이는데 실패하자 뒤로 몸을 날렸다.

팟!

날카로운 소음이 장원중의 귀에 들렸고 그의 시선에 금빛 실선이 들어왔다. 그 순간 허리가 허전한 느낌이 들었다.

퍽!

허리가 반쯤 잘린 장원중의 몸은 바닥을 피로 적시며 쓰러졌다. 허공을 한바퀴 돈 금검이 어느새 신원의 손안으로 빨려 들어갔다.

그의 이기어검에 모두의 시선이 검을 좇았지만 지금은 감탄하고 있을 상황이 아니었다. 공지가 재빨리 장원중의 시신 옆으로 다가갔다.

"장원중이 마교도였다니……."

서초구가 어이없다는 듯 식은땀을 흘리며 중얼거렸다. 그 순간 공지의 검이 서초구의 목을 겨누었고 살기를 보였다.

"서 원주도 마교도일 가능성이 높아요."

"무슨 말인가?"

서초구는 갑작스러운 공지의 행동에 눈을 부릅뜨며 결백을 주장하려고 했다. 그 순간 위검룡의 신형이 바람처럼 문을 뚫고 나갔다. 그가 나가는 순간 기다렸다는 듯이 냉군위와 종마용의 신형이 거의 동시에 움직였고 검기와 도기가 허공중에 난무했다.

퍼퍼퍽!

"크악!"

살을 파고드는 소리와 함께 위검룡의 신형이 피를 뿌리며 바닥에 떨어졌고 냉군위와 종마용이 그의 시신 좌우로 모습을 보였다. 둘은 차갑게 서로를 노려보았다.

"위검룡이 눈을 감아주지 않았다면 마교도가 그토록 쉽게 중천원으로 침입할 수가 없었겠지."

공지의 목소리가 울렸고 그녀는 서초구를 향한 살기를 거두지 않았다.

"서 원주도 혐의가 있으니 그를 금옥에 가두고 심문하도록 합시다."

무당파의 정운진인이 장로들을 대표해서 말했고 그의 말에 모두들 찬동했다.

"나는 절대 아니오."

서초구가 큰 목소리로 말했지만 그의 말을 들어주는 사람은 없어 보였다. 재빨리 서초구의 마혈을 제압한 공지는 수하들을 시켜 그를 금옥으로 끌고 가게 했다.

사태가 어느 정도 정리가 된 듯하자 냉군위가 말했다.

"아직 맹주님의 죽음에 대한 조사가 다 끝난 것은 아니오. 이번 일을 마무리하기 전까지 모두들 맹에서 한 발자국도 나가지 못하오."

지금의 사태를 눈으로 본 좌중의 인물들은 그의 말에 굳은 표정을 보였지만 크게 반박하는 사람은 없었다.

第六章

검 끝에 산다

　무림맹주의 죽음은 무림을 뒤흔들었고 그 여파는 거대하게 중원으로 뻗어 나갔다. 사람들에게 무림맹도 안전하지 못하다는 경각심을 심어 주었으며 신성교에 대한 두려움은 매우 높아졌다. 무엇보다 무림맹조차도 신성교에게 두려운 대상이 아니라는 것을 심어 주는 사건이 되었다.

　무림맹도 안전하지 못하다는 사실은 중원무림인들에게 매우 큰 상처였다. 무림맹주의 죽음은 그들의 자존심에 치유될 수 없는 상처를 준 일이었다.

　신성교주인 임초월은 수많은 교도들로부터 환영을 받았으며 그의 힘이 만천하에 울려 퍼졌다. 무엇보다 신성교의 세력은 더욱 커졌다. 그의 무용은 신성교의 교도들이 원하는 젊은 교주로서 부족함이 없었다.

무림맹주가 있는 중천원의 거처에는 남군영이 앉아 있었다. 그는 늙었고 백발의 노인이었지만 눈빛만큼은 여전히 살아 있었다.

무림맹주인 곽위가 죽고 열흘이 지났을 때 그가 다시 무림맹에 모습을 보였다. 그의 복귀로 인해 맹은 빠르게 안정을 찾아가고 있었다.

남군영은 명목상 태상장로이지만 맹주대리를 맡게 되었고 이를 계기로 남가의 사람들이 다시 중천원을 차지하게 되었다.

태사의에 앉은 남군영의 우측에 공지가 서 있었고. 그녀의 맞은편에 신원과 냉군위가 있었다. 그리고 새롭게 사평원의 원주가 된 왕초희도 모습을 보였다. 그녀가 사평원주가 된 것은 의외였지만 서초구가 금옥에 있는 이상 사평원의 일을 제대로 해 줄 사람은 왕초희가 유일했다.

무엇보다 태정원의 원주로 공지가 된 것이 파격적이었다. 이는 곳 정천원을 제외하고 모두 강북무림이 맹을 다시 장악했다는 결과이기도 했다.

태사의에 깊숙이 몸을 묻은 남군영의 시선은 천장을 향했다. 그는 수염을 쓰다듬으며 조용히 입을 열었다.

"내가 잠시 이 자리를 남에게 빌려준 것 같은 기분이 들어…… 주인이 바뀐 게 아니라 이제야 비로소 주인을 만난 것이겠지."

그의 입가에 가벼운 미소가 걸렸고 그것은 그의 본심이기도 했다. 그의 권력에 대한 욕구가 내비치는 말이었지만 아무도 입을 열지 않았다.

'이렇게 될 줄 알았지만…… 너무 빠르군……. 마치 기다렸다는 듯이 신속하게 자리를 차지할 줄이야…….'

신원은 표정의 변화 없이 남군영의 말을 머리에 담았다.

남군영의 시선이 슬쩍 신원을 향했다.

"그 꼬마가 이제는 여기까지 올라왔군그래……. 정천원주가 된 기분은 어떤가?"

"높이 나는 새는 멀리까지 본다고 했지요. 멀리 보여서 기분이 좋습니다."

"그렇게 멀리 보이는가?"

"멀리 보입니다. 아주…… 멀리…….'"

신원의 낮은 목소리에 남군영은 재미있다는 듯 수염을 쓰다듬으며 미소를 보였다.

"그래. 멀리까지 봐야지 후후……. 새로운 정천원주는 앞으로 어떻게 할 생각인가?"

"제 일은 제가 잘 알아서 하겠지요. 전 맹주님께선 무엇을 원하십니까?"

전 맹주라는 말에 다른 원주들의 안색이 변했지만 남군
영은 여전히 미소를 보였고 신원의 표정은 변화가 없었다.

"내가 바라는 것은 이 자리에 오래 앉아 있고 싶다는 것
뿐이네. 그걸 위해 자네가 움직이면 더 좋고."

"늙은 범은 이빨이 빠져도 범이라 하였지요."

"새로운 이빨은 여기 사원의 원주들이네."

남군영의 말에 신원은 미소를 보였다. 그 말은 곧 자신을
대신할 생각이 없다면 따르지 말라는 뜻과도 같았다. 적아
의 구별이 확실한 인물이 남군영이란 사실을 다시 한 번 느
꼈다.

"먼저 가 보지요."

"수고하게."

신원의 말에 남군영은 미련 없이 말했다. 신원은 인사를
한 뒤 빠르게 대전을 빠져나갔다.

"혈기가 넘치는군."

"곁에 두면 분명 큰 도움이 될 친구입니다."

냉군위가 조용히 입을 열자 남군영은 고개를 끄덕였다.

"나도 잘 알아."

남군영의 짧은 대답에 냉군위는 입을 닫았고 공지가 보
고를 하면서 회의가 시작되었다. 정천원주가 없는 회의였

지만 시간은 조용히 흘러가고 있었다.

"어리석게 왜 그래?"

신원은 자신의 앞에 매우 화난 표정으로 서 있는 왕초희를 바라보았다. 그녀는 신원의 서재에 서서 책을 보는 신원에게 살기까지 보이고 있었다.

"왜 그러지?"

신원은 보고 있던 시집을 덮으며 시선을 던졌다.

"전 맹주? 지금 대세의 흐름이 남가로 향한 것을 모르는 것은 아닐 테지? 남군영이 살아 있는 이상 그가 다시 맹주가 될 것이라고 예상은 했을 거 아니야?"

왕초희의 말에 신원은 깊은 숨을 내쉬며 차를 따라 마셨다. 그 앞에 왕초희가 앉았다. 그녀도 답답한지 차를 따라 마신 뒤 깊은 숨을 내쉬었다.

남군영의 앞에서 보여준 신원의 행동은 분명 문제가 있었다. 굳이 남군영과 척을 질 필요는 없다는 게 그녀의 생각이었다.

"남 맹주는 분명 늙고 병들었지만 다음 맹주가 선출되기 전까지 맹주라는 사실은 잊으면 안 돼. 굳이 그와 적이 될 필요는 없잖아?"

"네 말이 맞아. 조심하지. 그런데 다음 맹주가 그렇게 금방 선출될까? 최소 몇 년은 걸릴 것 같은데?"

신원의 말에 왕초희도 비슷한 생각을 가지고 있었기 때문에 대답 없이 고개만 끄덕였다.

"그렇게 남에게 아부하는 성격은 아니라서 말이야."

"잘났다."

왕초희가 어이없다는 듯 웃으며 차를 마셨다.

"사평원은 어때?"

"서초구가 일은 제대로 하는 편이라 어려운 것은 없어. 인수인계도 잘 돼 가는 중이고……. 문제는 서초구와 연관된 상회들이 하루아침에 원주가 바뀐 상황이라 당황했다는 거지. 한동안 장부 정리하느라 바쁠 거야."

"뒷거래 목록도 삭제해야 할 테니 머리가 많이 아프겠지."

신원은 이해한다는 듯 고개를 끄덕였다.

"문제가 생기면 무림맹과의 거래가 다른 상회로 넘어갈 것이고 그 빌미를 주지 않으려면 최대한 깔끔한 장부를 만들어 오겠지."

신원은 왕초희의 말을 들으며 물었다.

"공 선배는 어떤 것 같아?"

"어떤 게?"

"원주의 자리에 앉은 것 말이야……. 너무 신속하게 이

180 **금검혈도**

루어진 인사 결정이라 당황스러워서."

"공 선배는 남가에서 힘을 주고 있었어. 남가의 힘을 등에 업었기 때문에 별다른 어려움 없이 장로원의 승인을 얻었지. 몰랐어?"

"공선배가 남가와 연관이 있을 거란 생각은 못 했으니까…… 검산장과 깊은 관계가 있다고 생각했는데 배를 갈아 탄 모양이군?"

"그렇지."

왕초희는 대답에 신원이 다시 물었다.

"냉 원주님도 남가로 방향을 바꾼 건가?"

"본래부터 냉 선배는 남가나 검산장에 관심이 없던 분이셔. 중립이라 생각하면 될 거야."

신원은 고개를 끄덕였다. 그때 발소리와 함께 부원주인 이검영이 모습을 보였다.

"이게 누군가? 왕 원주가 아니던가? 이렇게 보니 반갑군 그래."

이검영의 사내다운 목소리와 기도에 왕초희는 반갑게 미소를 보였다.

"오랜만이야."

"축하해."

이검영의 말에 왕초희는 고개를 끄덕이며 자리에서 일어

섰다.

"나는 그럼 이만 사평원으로 가 볼게. 일 있으면 찾아
와."

"뒤나 잘 봐줘."

"알았어."

왕초희는 대답 후 곧 밖으로 나갔다. 그녀가 나가자 이검
영이 말했다.

"왜 온 거야?"

"아까 회의 때 내가 좀 반항했거든."

"남 맹주님께?"

신원이 고개를 끄덕이자 이검영은 재미있다는 듯 웃었
다.

"달갑지 않은 손님이니 그럴 만도 하지. 정천원에 대한
간섭이나 없었으면 좋겠군."

"간섭은 없겠지만…… 우리가 움직일 일은 많을 거야."

"신성교?"

이검영의 말에 신원은 고개를 끄덕였다. 이검영이 다시
말했다.

"참! 며칠 뒤 아버님이 맹에 오신다고 하더군."

"그래? 무슨 일로?"

신원은 이검영의 말에 조금은 놀란 표정으로 물었다. 남

도 이선진은 복건성을 벗어나는 일이 거의 없었기 때문이다. 그리고 그가 움직일 때는 분명 이유가 있었다.

"맹에 인사나 할 겸 들른다고 하니 그리 알고 있어."

"알았어."

신원의 대답에 이검영은 서재 쪽으로 시선을 돌리며 책들을 살폈다.

"빨간 책은 없어?"

"만학관을 나올 때 빨간 책은 지웠지. 거기다 정천원의 원주가 도색지나 보고 있다면 무림에 어떤 소문이 나겠어?"

"진정한 사내라고 소문나겠지."

이검영은 가볍게 웃으며 다시 말했다.

"아, 전에 부탁한 책 말이야. 그것도 이번에 가져오라고 했어. 무천심록 삼 권이라더군. 그런데 그 책이 무공서라도 되는 모양이야?"

"본래 책이란 것은 처음부터 끝까지 쭉 이어서 읽어야 하는데 드문드문 읽다보니 답답해서 그래. 마침 있다고 하니 읽어 보려고."

"내 기억에 무공서가 아니라 그냥 일기처럼 보였는데…… 네가 흥미를 보인다니 관심이 가는데?"

"다 보면 빌려줄 테니 너도 읽어봐."

"그러지."

이검영은 고개를 끄덕이자 신원은 문득 생각난 표정으로 말했다.

"그런데 네가 볼 땐 지금의 이 폭풍이 언제쯤 가라앉을 것 같아?"

"마교주가 죽으면 가라앉겠지."

"그럼 원한만 반복될 뿐이잖아?"

"반복되어도 별 수 있나? 그게 무림인데."

이검영은 아무렇지도 않다는 듯 대답했다. 그의 말에 신원은 당연한 일을 몰랐던 사람처럼 고개를 끄덕이며 차를 마셨다.

"맞아…… 그랬지……."

신원은 찻잔에 다시 차를 따르며 미소를 보였다.

"우린 무림에 살고 있었지."

신원의 말에 이검영이 말했다.

"그럼 우리가 어디 저기, 하늘 위에 보이는 구름 위에라도 살고 있는 줄 알았어? 단순하게 생각해. 무림일 뿐이라고."

"단순하지만 무식하게 강한 네놈의 입에서 나올 말이지. 하하하!"

신원의 웃음소리에 이검영은 어이없다는 듯 혀를 차며

자리에서 일어섰다.

"복잡한 일이 많은 모양이야? 오늘 밤에 술이나 한잔 하자고."

"좋지."

"술은 내가 가져오지. 혁이도 오라 해서 거하게 마시자."

"고급으로 가져와."

신원의 대답에 이거명은 미소를 보인 뒤 밖으로 나갔다.

*   *   *

남도 이선진이 온 것은 삼 일 뒤였고 무림맹은 그의 방문에 긴장할 수밖에 없었다. 이선진은 한참 동안 중천원에서 남군영과 밀담을 나눴고 정천원에 들러 신원과 만났다.

신원은 이선진을 예전에 몇 번 뵌 적이 있기 때문에 부담 없이 만날 수 있었다. 그런데 그 자리에서 남소유와 이검영의 혼사 문제가 거론되어 사람들을 깜짝 놀라게 했다. 그리고 이선진이 무림맹에 온 이유가 이검영과 남소유의 혼사 문제라는 것도 알게 되었다.

한바탕 소란스러움이 무림맹을 뒤덮었다. 그것은 남소유와 이검영의 사이가 어색해지는 사건이기도 했다.

이선진이 돌아간 그날 밤 신원은 달빛이 비치는 창가에 앉아 홀로 술을 한잔 마셨다. 이런저런 생각들이 머리를 스쳤고 밤공기의 시원함에 취해 갔다.

"칼을 빼어 물을 베어도 물은 다시 흐르고…… 잔을 들어 시름을 없애려 해도 시름은 더욱 깊어만 가는구나……."

술잔을 들어 달을 향해 뻗었다. 마치 달과 건배라도 하려는 듯 보였고 신원의 눈에 술잔에 반쯤 가린 달이 보였다.

"인생살이 뜻대로 되지 않으니 내일 아침 머리 풀고 강호를 떠돌고 싶구나."

술잔을 내린 신원은 미련 없이 마셨다.

"시원하구나……."

신원은 눈을 감으며 불어오는 밤바람을 이불 삼아 눈을 감았다.

이른 새벽 열려 있는 창문 사이로 찬바람이 들어오자 이불을 덮고 있던 냉소소가 눈을 떴다. 상체가 훤히 비취는 침의를 입은 그녀는 휘장 사이로 찬바람이 들어오자 눈을 비비고 일어나 침상에 앉았다.

"창문을 닫은 것 같은데……."

냉소소는 혼잣말을 중얼거리다 시야에 들어오는 한사람

의 모습에 눈을 부릅떴다.

"어머!"

본능적으로 이불을 끌어 몸을 가리며 의자에 앉아 있는 신원을 노려보았다.

"지금 무슨 짓이에요?"

"너무 보고 싶어서 새벽부터 왔소. 깨울까 했는데 너무 곤히 잠이 들어 있어서 창문을 열고 찬바람에 깨어나길 기다렸소."

신원은 당당하게 말했다. 그의 말에 냉소소는 어이없다는 듯 화난 표정으로 말했다.

"그래도 그렇지, 미리 알리고 오셔야죠? 이건 예의가 아니잖아요? 아무리 원주라 해도 이건 분명 경우에 없는 행동이에요."

냉소소의 말에 신원은 미소를 보였다.

"그 문제는 나중에 거론하고, 지금 급히 어디를 좀 가려고 하는데 같이 가겠소?"

"예?"

신원의 급작스럽게 외출을 하자는 말에 냉소소는 놀랄 수밖에 없었다.

"지금 이 새벽예요? 아직 해가 뜨지도 않았는데 외출이라니요?"

신원은 자리에서 일어나 냉소소의 곁으로 다가갔다. 냉소소는 침의를 입은 것에 부끄러운지 얼굴을 붉혔다.

"갑시다."

슥!

신원이 손을 내밀었다. 그의 손이 냉소소의 눈에 들어왔고 미미하게 떨고 있다는 것을 알았다. 그 떨림을 자신이 멈춰 줘야 한다는 것도 알았다.

'그냥…… 마음이 가는 대로…….'

냉소소는 가볍게 미소를 보이며 그 손을 잡았다. 그녀의 차가운 얼굴에 그려진 미소는 무엇보다 따뜻해 보였고 신원의 두근거리는 마음을 감싸 주는 것 같았다.

"저기, 그런데 옷을 좀 입고……."

"아!"

냉소소의 말에 신원은 알았다는 듯 고개를 끄덕이며 물러나 신형을 돌렸다. 그 모습에 냉소소가 안심한 듯 이불을 걷고 옷을 갈아입기 시작했다.

슥! 슥!

그녀의 옷자락 움직이는 소리에 신원은 심장이 크게 뛰는 것을 느껴야 했다. 지금 이 순간이 마치 멈춰 있는 것 같은 착각이 들었다.

"됐어요."

그녀의 낮은 목소리에 신원은 고개를 돌렸다. 백의무복을 입은 냉소소의 모습은 평소와 다를 게 없어 보였지만 오늘따라 유난히 안색이 밝아 보였다. 그 모습에 신원은 미소를 보이며 물었다.

"후회하지 않소?"

"후회하게 만들지 마세요."

미소와 함께 대답한 냉소소의 눈가에 마치 어린 소녀의 장난기 가득한 웃음이 있었다.

슥!

이번에는 냉소소가 먼저 손을 내밀었다.

"가요."

그녀의 말에 신원은 고개를 끄덕이며 냉소소의 손을 잡았다.

"갑시다."

두 사람은 이른 새벽 동이 터오기도 전에 서로의 손을 잡고 맹을 빠져나가 어디론가로 향했다.

아침부터 바쁘게 업무를 준비한 모용하는 신원의 집무실로 들어왔다.

"원주님."

집무실로 들어온 그녀는 아직 신원이 나오지 않은 것에

아미를 찌푸렸다.

"이 양반이 미쳤나? 원주라고 이제는 대놓고 게으름을 피우네."

모용하는 허리에 손을 얹고는 쌍심지를 치켜든 채 어금니를 깨물었다.

"한동안 그냥 놔뒀더니 게을러져 가지고……."

이번에는 단단히 교육을 시켜야겠다는 생각을 가지던 모용하의 눈에 책상 위에 올려진 서찰이 눈에 띄었다.

— 하아에게.

모용하는 책상에 다가가 서찰의 주인이 자신이란 것에 의문스러운 표정으로 서찰을 펼쳤다.

— 나 휴가 좀 다녀올게.

아주 짧은 내용의 서찰이었고 그 글을 읽는 순간 모용하의 전신이 크게 흔들리기 시작했다.

"이런 미친 새끼!"

쫙!

서찰을 찢은 모용하의 전신에 살기가 솟구쳤다.

"일이 얼마나 많은데 이 새끼가!"

모용하의 외침 소리가 집무실에 울렸다. 그 소리에 놀란 수하들이 우르르 안으로 모습을 보였지만 모용하의 살기에 입을 열지는 못했다. 모용하는 그저 책상을 붙잡고 인상만 써야 했다.

"오기만 해 봐라…… 잡아먹어 버릴 테다……."

모용하의 목소리가 낮게 울렸다.

해질 무렵 작은 마을에 들어온 두 필의 말 위에 신원과 냉소소가 앉아 있었다. 둘은 객잔을 찾자 말에서 내려 점소이가 안내해 주는 방으로 들어갔다.

작은 방이었고 창가에 침상 하나가 놓여 있었다. 한쪽 벽에 검을 내려놓은 두 사람은 의자에 앉아 차를 마시며 창밖으로 시선을 던졌다. 저녁노을이 붉게 물들어 가는 서쪽 하늘을 쳐다보았다.

객잔의 앞길로 오가는 사람들의 말소리와 발소리가 분주하게 들렸고 무림이 아닌 평범한 세상이 바로 옆에 있다는 것을 느끼게 해 주었다.

"어디론가 떠나고 싶었는데 이렇게 나오니 기분이 좋네요."

냉소소는 지난 몇 달 간의 시간이 마치 십 년이나 지나간 것처럼 길게만 느껴졌기에 가만히 중얼거렸다. 그 시간 동안 아끼고 좋아했던 많은 사람들이 자신의 곁을 떠나 버렸다. 그 공허함의 크기는 그녀의 가슴에 매우 크게 자리를 잡고 있었다.

곽위의 죽음은 그리 큰 슬픔을 전해 주지는 않았다. 자신의 스승이긴 하지만 실제 함께한 시간은 그리 많지 않았기 때문이다. 그렇다고 심적으로 큰 타격을 안 받았다는 게 아니다. 그저 백무향의 죽음보다는 충격이 덜했을 뿐이었다.

"그동안 많이 힘들었을 것이오."

"그냥 편히 말해요. 그 말투, 사실 전부터 마음에 들지 않았어요. 하아나 소유에게는 친근하게 대하는데 전 왠지 거리를 두는 것 같았으니까요."

냉소소의 말에 신원은 어색한 미소를 보이며 고개를 끄덕였다.

"질투했구나?"

"조금이요."

냉소소가 눈웃음을 보이자 신원은 심장이 크게 요동치는 것을 느꼈다. 전에는 볼 수 없는 순수한 모습이었기 때문이다. 어쩌면 남자가 여자에게 반하는 가장 이상적인 조건이 순수함일지도 모른다. 때 묻지 않은 가식 없는 미소와 웃음

소리에 마음이 흔들리고 거짓 없는 눈물에 심장이 움직이기 때문이다.

"많이 힘들었을 것 같아. 백 선배가 죽었고…… 맹주님도 돌아가셨으니 말이야."

냉소소는 그저 조용히 고개를 끄덕였다. 그의 말이 틀리지 않았고 그 일로 인해 심란한 것도 사실이었다.

"받아들이는 중이에요."

냉소소는 애써 태연한 표정으로 말하며 차를 마셨다. 그녀는 곧 궁금한 표정으로 물었다.

"그런데 어디로 가는 건가요? 아무런 목적도 없이 강호를 떠돌아다니는 것은 아니겠죠?"

"천천히 서쪽으로 가면서 추억을 만들고 싶어. 가는 동안 내내 함께 있을 테고 그 시간은 무엇과도 바꿀 수 없을 테니까."

"서쪽……."

냉소소는 가만히 중얼거리며 찻잔을 만졌다. 서쪽이란 말이 마음에 걸렸기 때문이다.

"서쪽으로 가는 이유는 단순한 여행인가요?"

"지금은 여행이지."

신원의 말에 냉소소는 무심한 눈빛으로 다시 말했다.

"신성교에 갈 생각은 아닐 거라 믿어요."

"그건 잘 모르겠어."

"왜요?"

그녀의 물음에 신원은 굳은 표정을 보이며 말했다.

"맹주님이 돌아가시면서 구천회에 대한 모든 것이 사라져 버렸어. 맹주님의 비리를 파헤치던 중이었거든……. 그런데 맹주님이 돌아가셨으니 이제는 그것도 할 필요가 없어졌고……. 과거에 나를 죽이려 했던 구천회도 없어졌으니 위험도 없고. 할 일이 줄어든 것은 분명 좋은 일이지만 내가 아무리 머리를 굴려도 모든 게 소용없다는 것이 나를 힘들게 해."

"이해가 잘 되지 않아요."

신원은 냉소소의 대답에 미소를 보이며 다시 말했다.

"머리를 굴려 최대한 다른 사람들의 피해를 줄이면서 어떻게 하면 이길까를 고민했었던 과거가 좀 허무하게 느껴진다고 할까? 그때는 무공이 낮아 머리를 굴릴 수밖에 없었는데 무공이 그 지략조차 뛰어넘는다면 내 머리는 소용이 없는 거지. 그걸 알아서 우울하다고 할까?"

"마교주의 무공이 신 가가의 머리보다 뛰어나다는 뜻이군요?"

"인정할 건 인정해야지. 그토록 대담하게 쳐들어왔다는 것은 그만큼 무공에 자신이 있다는 뜻이고, 그 정도의 무공을 가졌기 때문에 실행에 옮길 수 있는 무식한 공격이었으니까."

"무식하지만 정확하게 허점을 노린 일격이었어요."

"그렇지……."

"마교주 혼자서 그런 일이 가능할까요? 분명 누군가 도왔을 것이고 그건 힘만으로 할 수 있는 일이 아니었어요. 이번 일은 누구의 실수도 아닌 우리 모두의 방심이라 생각해요."

신원의 말에 냉소소는 담담한 표정으로 자신의 생각을 말했다. 그녀의 말이 틀린 것은 아니었지만 신원은 뭔가 응어리가 남는 것을 감추지 못하고 있었다. 그것을 풀고자 했고 그 해답은 어쩌면 이미 나와 있을 거라 여겼다.

신원은 정천원주가 되어서야 세상이 어떻게 돌아가는지 조금은 엿볼 수가 있었다. 과거 개방장로가 자신에게 높은 곳에 올라오라는 말을 왜 했는지 이해할 수가 있었다. 그 위에 섰을 때 자신이 낮은 곳에서 바둥거리며 머리를 굴렸던 일이 어린아이의 모습처럼 느껴졌다.

신성교의 교주가 된 임초월은 어쩌면 자신보다 다른 시각으로 세상을 봤을 것이다. 그런 기분이 들었다. 또한 그에게는 유만세라는 인물이 함께 하고 있었다. 신성교에서 가장 경계해야 할 사람이 있다면 유만세일 것이다.

맹주의 죽음도 그의 계략이 분명했다.

"아무래도 이 싸움을 끝내야 할 것 같아. 물론 신성교와의 싸움이 영원히 끝나는 것은 아니겠지만 당분간 끝을 낼 수는 있을 것 같아. 그들과의 싸움은 계속해서 반복되겠지만 잠시라도 평화가 온다면 그걸로 내 역할은 충분하지 않을까? 그런 생각이 들어."

냉소소는 신원의 말을 듣자 자신이 해야 할 일은 그저 옆에 있어 주는 게 전부라는 생각이 문득 들었다.

자신이 모르는 사이에 신원은 세상을 이끌어 가는 사람 중 한 명이 된 것처럼 느껴졌다. 아니, 그렇게 보였다.

"마교주가 죽인 것은 맹주님이에요. 그에게 원한이 있는 것은 신 가가가 아니라 검산장이고요. 그런데 왜 신 가가께선 강호를 위해 혼자서라도 모든 싸움을 다 가져가겠다고 생각하나요? 어떤 이득이 있는 것도 아니고 어떤 피해가 있는 것도 아니잖아요? 목숨까지 걸어 가면서 해야 할 대의가 있는 일인가요? 그게 신 가가에게 그만큼 가치가 있는 일인가요? 자기가 손해 보는 일은 모두 안하려고 하는 세상이에요. 그런데 왜 그러세요? 중원무림을 대변하지 마세요. 그냥 자연스럽게 흘러가는 강물처럼 그렇게 흘러가면 안 되는 일인가요?"

신원은 냉소소의 말에 고개를 저었다.

"지금의 내겐 무림을 대신해도 될 만큼 강한 무공이 있어."

냉소소는 그 말에 부정을 할 수 없었다. 자신이 봐도 신원의 무공은 대단했고 손에 꼽을 것 같았기 때문이다. 신원이 다시 말했다.

"그렇다면 나서야 하지 않을까? 할 수 있는 능력이 있으면서 아무것도 안 한 채 자신의 안위만을 찾는다면 그건 소인배와 다를 게 뭐가 있겠어? 사내로서 목숨을 걸어도 될 만큼 가치 있는 일이라면 더더욱 망설일 이유가 없는 거야."

냉소소의 눈빛은 살짝 흔들리고 있었다. 신원이 하고자 하는 일은 자신이 말릴 수 있는 일이 아니었기 때문이다.

"내일은 어디를 갈 건가요?"

"낙양으로 가면서 명승고적이나 구경하자."

"좋아요."

냉소소는 흔쾌히 대답했다.

*   *   *

동편에서 떠오르는 아침 햇살이 마치 하루의 일과라도 되는 듯 당연하게 창문 속으로 햇살을 비춰주고 있었다.

침상에 누워 있던 자야의 얼굴에도 햇살이 드리웠고 그녀는 눈을 비비며 일어나 앉았다. 아무것도 걸치지 않아 알몸인 그녀는 햇살을 받으며 기지개를 켰다. 그리곤 고개를 돌려 여전히 눈을 감은 채 잠들어 있는 임초월의 얼굴을 쳐다보았다.

　"으음……."

　임초월의 눈가에 햇살이 비취자 그 빛을 이기지 못한 듯 인상을 찌푸리며 눈을 떴다. 그의 눈에 자야의 얼굴이 보이자 임초월은 이불 밖으로 손을 내밀었다.

　"언제 일어났소?"

　"방금이요."

　자야가 그의 손을 잡고 다시 이불 안으로 들어가 임초월의 팔에 기대어 누웠다.

　"오늘은 오전 중에 회의가 있어요."

　"조금만 더 자면 안 되겠소?"

　임초월이 자야의 고운 얼굴을 쓰다듬으며 속삭이듯 물었다. 자야는 미소를 보였고 붉어진 얼굴로 그의 이마에 입을 맞추며 말했다.

　"잠깐이에요?"

　임초월은 고개를 끄덕이며 자야의 배에 얼굴을 기댔다. 자야의 배는 조금 불러있는 상태였고 팽팽한 느낌이 들었다.

"심장 소리가 들리는 것 같소이다."

"벌써요?"

"물론이오. 이 시간이 오래갔으면 좋겠소."

임초월은 미소를 보이며 눈을 다시 감았다.

조식을 마치고 회의실로 도착한 임초월은 이미 도착한 사대무군의 인사를 받으며 태사의에 앉았다. 육군장의 부상으로 그를 대신해 강풍이 자리를 잡고 있었다. 육군장은 신원과의 싸움에서 부상을 당한 상태였고 내상도 깊어 반년 이상 요양을 해야 했다.

새삼스럽게 신원의 무공이 대단하다는 것을 다시 한 번 알게 된 신성교였다.

일상적인 보고가 오갔고 곧 유만세가 자리에서 일어나 원탁 위에 지도를 펼치며 말했다.

"이제 우리가 가야 할 곳은 전에도 말했지만 사천입니다."

"사천……."

임초월은 눈을 반짝였고 지도에 그려진 사천의 모습을 주시했다. 유만세가 다시 말했다.

"중원무림은 무림맹이고 강남은 천기문과 삼대세가가

주축이지요. 사천을 공략하게 되면 본 교의 힘은 이들과 동등하거나 그 위에 설 수 있습니다. 무림의 삼패 시대가 열리는 일이 될 것입니다."

"패자를 논하는 자리에 당당히 얼굴을 내밀게 된다는 소리군요."

"그렇지."

송지홍이 재미있다는 듯 미소를 보이며 말했다. 유만세는 고개를 끄덕였고 이팔선은 수염을 쓰다듬으며 입을 열었다.

"사천무림은 당가와 청성, 아미가 있는데 그들을 모두 제압하는 게 쉬운 일이 아닐 게야……. 오히려 무림맹과 싸우는 일이 더 쉬울지도 모르지……. 그걸 자네가 모르는 것은 아닐 테니 확실한 계획이 있겠지?"

유만세는 이팔선의 질문에 미소를 보였다. 확실히 그의 말처럼 사천무림은 상당히 상대하기 어려운 문파들만 모여 있었고 그 힘 역시 무시할 수 없었다.

"그들이 단합을 한다면 분명 무섭지만 사천무림은 서로 알게 모르게 은원관계가 깊은 문파들이 많아 그것을 잘 이용한다면 의외로 쉽게 갈 수가 있네."

"서로가 물고 물리는 그런 관계란 말이군?"

"그렇지."

이팔선의 물음에 유만세는 고개를 끄덕였다.

"견리망의(見利忘義)한 사람들은 어디에도 있지 않은가?"

유만세의 말에 이팔선은 미소를 보였다.

"그렇지. 이익을 보면 의리를 저버리는 사람들이 어디한둘인가? 자네는 그 점을 파고들 모양이군?"

"그러네."

유만세는 당연하다는 듯 대답했다. 임초월은 궁금한 표정으로 물었다.

"사천무림의 거대 문파들이 서로 싸운다는 소리요?"

"그렇습니다. 당가는 명문 정파로 이름을 올리고 있으나 실제 그들은 사천의 패자가 되고자 했습니다. 과거에도 그 욕심으로 아미와 청성을 적으로 돌린 적도 있지요. 청성과 아미는 불문과 도가의 문파이며 속가적인 성향이 강한 청성파는 당가와 아미파를 핍박하기도 했습니다."

"사천은 이들 세 문파 중 어느 한 문파가 강성해지면 남은 두 문파를 핍박하고 패자의 자리에 앉았지요."

송지홍이 부연 설명을 하듯 말하자 임초월은 이해가 간다는 표정을 보였다.

"서로가 이전투구(泥田鬪狗)한다면 그것보다 더 좋은 일은 없겠군요."

임초월의 말에 모두들 미소를 보였다. 유만세가 말했다.

"당가를 시작으로 해서 청성파와 아미파를 차례로 공략해 나간다면 일 년 정도 후에는 본 교의 사천 분타가 당가 자리에 서겠지요."

"무림맹의 반응은 어떨 것 같은가?"

"분명 사천무림을 돕기 위해 움직일 것입니다. 하지만 새외무림을 움직여 강북무림을 압박한다면 그것 또한 쉽지 않을 것입니다."

"새외무림을 끌어들인다라……."

임초월은 그 점이 마음에 걸리는 듯 보였다. 하지만 유만세는 예상이라도 한 듯 대답했다.

"그들은 견제만 해 주고 빠질 것입니다. 물론 그만한 대가로 황금을 줄 것이며 더 이상의 욕심을 부리지는 못할 것입니다."

"만약 욕심을 부린다면?"

"깨끗이 청소를 해야지요."

유만세의 미소 진 말에 살기가 담겨 있었고 오싹한 한기가 물씬 풍겼다. 그 말에 임초월은 고개를 끄덕였다. 그가 한다면 하는 사람이라는 것을 잘 알기 때문이다.

"잘 알겠소. 총군의 뜻대로 하시오."

"존명."

유만세가 부복한 뒤 일어섰다. 임초월의 명이 떨어진 이상 이제 모든 권한은 그에게 있었다. 이번 회의는 그것을 얻기 위한 자리였다. 임초월은 그저 자신의 판단으로 가부만 결정하면 되었다. 그리고 이 일로 수많은 사람들이 다시 죽을 것이다. 하지만 그 결과로 신성교는 당당히 천하에 오를 것이다.

"자세한 내용은 나중에 다시 결과로 알려주시기 바랍니다."

임초월이 자리에서 일어서자 송지홍이 미소를 보이며 말했다.

"요즘 얼굴에 화색이 도는 게 행복해 보이네요."

"제 인생에서 가장 소중하고 행복한 시간이지요."

임초월의 대답에 모두들 크게 웃었다. 임초월은 강풍에게 시선을 던졌다.

"오후에는 육 선배께 갈 테니 미리 좀 알려주시오."

"알겠습니다."

강풍의 대답에 곧 임초월은 밖으로 나가 자신의 집으로 향했다. 그곳에 자야가 있기 때문이다.

*   *   *

무림맹을 나와 한 달 가까이 함께 서쪽으로 향하던 두 사람은 강서 지부가 보이자 잠시 말을 멈추었다.

　강서 지부의 담장은 여기저기 부서져 있었고 공사가 한창 진행 중이었다. 인부들이 바쁘게 움직이는 모습이 멀리서도 보였다.

　"냉 원주님이 나를 죽일지도 모른다는 생각이 문득 드는데 걱정이야."

　"천하를 도모하겠다는 사람이 제 아버님을 두려워하세요?"

　"가장 두려운 사람은 소소고 그다음이 소소의 아버님과 어머님이오. 그 외에는 사실 두려운 사람이 없지."

　"제가 그렇게 두려워요?"

　냉소소가 가까이 다가와 묻자 신원은 뭔가 생각하는 듯하더니 대답했다.

　"밤에만 두렵지. 아주……."

　순간 냉소소의 얼굴이 붉어지더니 번개처럼 손을 뻗어 신원의 볼을 꼬집었다.

　"그 입으로 다시 말해 봐요?"

　"농담이오. 하하하!"

　어색하게 웃으며 대답하자 냉소소는 손을 떼고 고개를 돌렸다. 신원이 그녀의 화를 풀어 주기 위해 말했다.

"이렇게 함께할 수 있어 너무 좋아."

"그런 말로 화가 풀리겠어요?"

"그럼?"

"오늘 밤에 풀어 줘요."

냉소소의 말에 신원은 그녀의 손을 꽉 잡았다.

"목숨을 걸겠어."

냉소소가 어이없다는 듯 환하게 웃었다. 그 모습이 신원의 눈에 박혀들 듯 다가왔다. 한참 동안 냉소소를 쳐다보던 신원은 정신을 차린 듯 말했다.

"들어갑시다."

"네."

신원은 냉소소와 함께 말머리를 함께하며 강서 지부로 향했다.

강서 지부에 도착한 신원은 생각지도 못한 사람을 만나게 되자 조금 당황스러웠다. 신원은 별채에 앉아 있는 공지의 모습에 놀란 표정을 감추며 인사했다.

"공 선배를 이런 곳에서 뵙게 될 줄은 몰랐습니다."

"네가 서쪽으로 향한다는 소식에 이곳에서 미리 기다렸어."

"정보력은 역시 대단하군요."

"태정원을 무시하지 말아줘."

공지의 말에 신원은 고개를 끄덕였다. 공지는 신원의 옆에 서 있는 냉소소에게 시선을 던졌다.

"냉 선배가 많이 걱정하시던데…… 너답지 않게 말없이 사라지다니. 그렇게 떠나고 싶었어?"

"지금이 좋아요."

냉소소는 주저 없이 신원의 손을 잡으며 말했다. 그 모습에 공지는 살짝 아미를 찌푸렸다.

"이것들이 아직 시집도 못 간 사람 앞에서 애정 행각을 벌일 작정은 아니겠지? 저주라도 할까?"

공지의 말에 냉소소와 신원은 손을 살짝 놓았다. 그녀의 무시무시한 투기가 방 안을 가득 채웠기 때문이다.

"냉 선배가 널 만나게 되면 말을 전하라 하셨어."

"저한테요?"

"소소의 몸에 손끝 하나라도 건들면 팔다리를 모조리 잘라 버리겠다고 하시더군."

"으……."

신원은 소름이 돋는 듯 어깨를 떨었고 공지도 어깨를 떨었다.

"그때 그 냉 선배의 살기를 네가 직접 당해 봐야 그렇게 손을 잡는 일은 못 할 텐데……. 옆에 있던 내가 더 무서웠지."

"말만 들어도 솜털이 곤두서네요."

"걱정하지 마세요."

냉소소가 별일 아니라는 듯 말하자 공지와 신원이 어이 없다는 듯 쳐다보았다. 마치 남 일을 보는 듯 말하는 그녀였기 때문이다.

"일단 앉아."

공지의 말에 두 사람은 의자에 앉았다. 곧 시비가 다가와 다과를 차려 주고 나갔고 공지가 입을 열었다.

"지금 강호에서 가장 회자되고 있는 사건이 너희 둘의 밀월(蜜月)여행이야."

"좋은 소식이군요."

신원이 웃으며 말하자 공지는 아미를 찌푸리며 고개를 저었다.

"중천원까지 들어와서 맹주님을 공격한 놈들이야. 그런데 아무런 호위도 없이 밀월여행이라니 그게 말이 되는 소리니? 정천원의 원주 입에서 나올 소리는 아니지."

"유만세는 그렇게 어리석은 인물이 아닙니다."

신원의 말에 공지는 알겠다는 듯 깊은 한숨을 내쉬었다.

"둘은 확실히 혼인을 하기로 한 사이겠지?"

"물론입니다."

신원의 대답에 냉소소도 고개를 끄덕였다.

"네."

그녀의 대답에 공지는 다시 말했다.

"맹으로 돌아가면 절차를 밟고 혼인식을 올려. 그리고 휴가는 이제 그만 즐기고 복귀하도록 해. 네 공백이 꽤 커."

공지의 말에 신원은 손을 저었다.

"아직 여행이 끝난 것은 아닙니다."

"뭐? 더 이상 자리를 비우면 책임 회피로 교체될 수도 있어. 그 자리에서 내려오고 싶은 거야?"

"그건 그때 가서 생각하지요."

신원은 태평하게 대답했고 그 모습이 답답한 공지였다. 공지는 차를 단숨에 마신 뒤 찻잔을 내려놓았다.

"좋아, 네 계획을 들어보자. 앞으로 어떻게 할 생각인데?"

공지는 신원이 아무런 계획도 없이 움직이는 사람이라고 생각하지 않았다. 그렇기 때문에 그의 저의를 물은 것이다.

신원은 턱을 쓰다듬으며 생각하다 곧 눈을 반짝이며 말했다.

"신성교주와 도박을 하려 합니다."

신원의 말에 공지의 표정이 굳어졌다. 농담처럼 말을 하는 신원이었지만 그 말은 곧 신성교와 싸우겠다는 뜻이었기 때문이다.

공지는 굳은 표정으로 잠시 입을 다물었다. 신원은 차를 마시며 시선을 돌려 창밖을 쳐다보았다.

"여긴 날이 좀 추워서 그런지 낙엽이 지는군요."

"가을이니까."

단풍나무의 붉은 그림자를 바라보며 중얼거리자 공지가 짧게 말했다. 공지는 시선을 돌려 냉소소를 쳐다보았다.

"지금 신 원주가 뭘 하려 하는지 알고 있는 거야?"

"대충은요."

냉소소의 대답에 어이없다는 듯 공지가 다시 말했다.

"신성교주와 도박은 결국 죽음을 불러올 수도 있는 일이야. 사지로 걸어가겠다는데 안 말려?"

"제가 할 수 있는 일은 그냥 지켜보는 것뿐이에요."

"왜?"

공지는 손 놓고 보겠다는 냉소소의 대답에 어이없었다. 사랑하는 사람이 사지로 가겠다는데 그걸 지켜보겠다는 것 자체가 이해가 안 되었기 때문이다.

냉소소가 대답했다.

"저흰 무림인이니까요."

냉소소의 대답에 공지는 입을 다물었고 다시 차를 한잔

시원하게 마셨다. 그녀는 다시 한 번 깊은 숨을 내쉬며 의자에 몸을 기대었다. 냉소소의 말이 지금까지 자신이 잊고 살았던 중요한 무언가를 알려주는 것 같았기 때문이다. 그 무언가가 무림이란 것도 그녀는 잘 알고 있었다.

"그랬지……. 우린 무림인이었지……."

공지는 가만히 중얼거리며 눈을 감았다.

第七章

산이 없는 대지

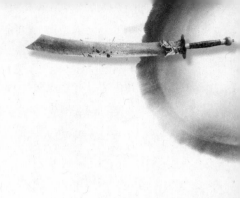

　세상의 법도와 질서와 권력마저도 뛰어 넘는 절대적인 무공을 지녔다면, 천하를 좌우할 무공을 가졌다면, 모든 것을 바꿀 수 있다면……. 그런 꿈이 가능한 곳이 무림이었다.

　무림을 모르는 사람들은 그러한 무림에 환상을 가지고 가려 한다. 하지만 실제 무림을 아는 사람이라면 멀리할 것이다. 무림만큼 위험한 곳도 없기 때문이다.

　돈이 있고 권력이 있다면 쉽게 명문의 제자가 될 수 있는 곳이기도 했다. 그렇기 때문에 어떤 사람들은 무림을 귀족들의 놀이터라고 말한다. 하지만 무림은 실제 피가 튀는 곳이었고 원한이 반복되는 매우 위험한 세계였다.

공지는 문득 신원의 단순한 생각이 위험해 보였다. 그렇지만 냉소소의 말을 듣자 자신도 할 수 있는 일이 없다는 것을 알았다.

신원의 목소리가 들렸다.

"구천회의 조사는 중단했습니다. 맹주님의 비리를 파헤치려 했는데 돌아가셨으니 더 이상 의미가 없어서요."

"사라진 지 오래된 조직이지."

공지의 대답에 신원은 그런 조직이 쉽게 사라질 거라 생각하지는 않았다. 하지만 공지의 말을 부정하지도 않았다. 그녀는 거짓말을 하는 사람이 아니기 때문이다.

"그런데 왜 저를 보기 위해 일부러 이렇게 먼 길을 오셨습니까? 설마 냉 원주님의 전언을 전하려고 온 것은 아닐 테고…… 이유가 무엇입니까?"

신원은 본론을 물었고 공지는 고개를 끄덕이며 답했다.

"첫 번째 목적은 너희 둘을 잡아오는 게 목적이고 두 번째는 남 맹주님의 건강 때문이야. 맹주님은 잘 알다시피 건강상의 이유로 물러섰고 지금은 대리로 앉아 있지만 그것도 언제 물러나야 할지 몰라. 장로원에선 다음 대의 맹주를 선출하는데 많은 충돌이 있는 모양이지만 결국 시간이 해결하겠지. 하지만 그 사이에 남 맹주님에게 문제가 생긴다면 정천원주인 네 힘이 필요해. 만약을 대비해야 할 네가 이렇게 빠져 있으니 맹이 제대로 돌아가겠니?"

"두 번째는 제 복귀군요."

신원의 말에 공지는 고개를 끄덕였다.

"힘으로 데려갈 생각은 없으신 듯합니다."

"세상의 어느 누가 정천원주를 상대로 힘을 과시하겠나?"

공지의 말에 신원은 미소를 보였다. 그만큼 자신의 무공이 널리 인정받고 있다는 뜻이었고 천하에 이름을 알렸다는 반증이기도 했다.

"네 뜻대로 해. 그냥 지켜봐야지. 맹의 문제는 내가 잘 해결하도록 하지."

"예."

신원은 대답 후 궁금한 듯 물었다.

"그런데 색출 문제는 어떻게 되어 갑니까?"

"생각보다 일이 빨리 진행되고 있어. 무림맹 내에서의 간자 문제는 거의 해결되었다고 보면 될 거야. 이제는 지부와 분타 쪽을 내사 중인데 꽤 시간이 걸릴 것 같아."

"그래도 잘 해결되고 있다니 다행입니다."

신원의 말에 공지는 미소를 보였다. 어려운 일을 잘 해결해 나가고 있기 때문이다.

"문제는 우리 맹이 아니라 신성교가 아닐까? 신성교에서 들려오는 소식에 의하면 요즘 움직임이 심상치 않다고 하더군."

"움직임이요?"

"고아들을 모으고 노예들도 대거 사들인 모양이야. 인신매매 조직을 없앴다는 명분을 가지고 많은 사파 조직을 없애고 거기에 납치된 사람들 중 어린아이들을 데려가고 있는 모양이야. 거기다 고아들도 모으고 있기 때문에 향후 십 년이나 이십 년 안에 지금보다 더욱더 무서운 곳이 될지도 몰라……. 그걸 염려해야 하고 대비해야 해."

신원은 공지의 말에 미래를 대비하는 신성교의 발 빠른 행동에 인상을 찌푸렸다. 그들은 지금 당장을 보는 게 아니라 먼 미래와 훗날까지 바라보고 움직이기 때문이다. 시간이 가면 갈수록 그들은 더욱 까다로운 상대가 될 것이다.

신원은 공지의 뒤에 있는 책상으로 시선을 던지며 물었다.

"문방사우가 뒤에 있습니까?"

"있어."

슥!

신원은 자리에서 일어나 책상 앞에 다가가 의자에 앉았다. 먹을 갈고 종이를 펼친 뒤 붓을 들었다.

"뭐하려고?"

"신성교주에게 안부 인사나 하려고요."

신원은 미소를 보이며 붓을 움직이기 시작했다.

청록빛 인공호수의 위로 나뭇잎의 그림자가 붉은 기운을 내뿜고 그려졌다. 커다란 호수의 주변으로 낙엽이 떨어졌고 알록달록한 무늬들의 잎들이 바람에 날리고 있었다. 그 사이로 구름다리가 보였는데 그 가운데는 작은 정자가 자리를 잡고 있었다.

정자의 안에는 흰 백의를 입고 있는 임초월이 앉아 있었다. 그의 무릎에는 떨어지는 낙엽처럼 붉은 색의 혈도가 들려 있었다.

슥! 슥!

깨끗한 한지로 도날을 손질하는 그의 손길은 느렸고 매우 천천히 움직이고 있었다.

매우 엄숙하고 경건한 시간이었다. 호수처럼 고요한 마음으로 도날을 쓸어내렸다. 오후의 햇살이 정자로 들어올 때 임초월은 움직임을 멈추었다. 바람이 불었고 은행나무 잎 하나가 그의 눈앞에 나비가 날아가듯 모습을 보였다. 임초월은 그 움직임이 신묘해 입가에 미소를 보였다.

손을 뻗어 잎을 잡은 그는 그 모양을 아무 생각 없이 쳐다보다 호수 위로 던지며 고개를 돌렸다. 구름다리 끝에는 막도희가 어느새 나타나 있었다.

"저예요."

"무슨 일이오?"

임초월의 고요한 눈빛에 막도희는 순간 주춤거렸다.

'전혀 다른 사람 같구나…….'

신성교의 교주가 된 임초월과 과거의 임초월은 전혀 다른 사람이었다. 자신이 기억하는 임초월의 모든 모습이 마치 거짓말처럼 느껴졌다.

자연스럽게 흘러나오는 기도와 위압감은 어느 순간부터 자신을 압도하는 듯했다. 그 괴리감에 가끔은 적응하기 어려웠다.

사람의 풍모가 달라보였고 그의 모습조차 모든 게 달라보였다. 그리고 거대한 산처럼 느껴졌다.

"막 동생."

"아!"

임초월의 미소 진 목소리에 막도희는 정신을 차린 듯 고개를 저었고 곧 품에서 서찰을 꺼내 들었다.

"서찰이에요."

"누가 보낸 것이오?"

"정천원의 신원이요."

막도희의 말에 임초월의 표정이 굳어졌고 눈빛이 차갑게 돌변했다. 급작스러운 모습에 막도희는 다시 한 번 놀라워했다. 좀 전에는 새로운 생명이 만연한 봄의 산이었다면 지금은 가을빛 붉은 얼룩의 산처럼 느껴졌기 때문이다.

"그가……."

임초월은 신원을 떠올리며 그와의 질긴 인연을 떠올렸다. 지금은 과거와 달리 자신은 신성교의 교주가 되어 있었고 신원은 정천원의 원주가 되어 있다는 것이 달라진 점이었다.

막도희가 다가와 서찰을 내밀었다. 임초월은 그녀의 손에서 받아 쥔 뒤 잠시 눈을 감았다. 읽을지 말지 고민했다.

"누가 받았소?"

"천수 분타주가 받았고 교에선 제가 받았어요."

"내용은?"

"아니요. 교내에선 그 누구도 열지 않았어요."

그녀의 대답에 임초월은 고개를 끄덕였다. 막도희가 다시 말했다.

"물러날까요?"

"잠시만 기다려 주시오."

"예."

막도희는 공손히 대답 후 구름다리의 끝으로 이동했다.

그녀가 멀어지자 임초월은 혈도를 도집에 넣은 뒤 서찰에
다시 시선을 던졌다. 그리곤 봉투를 열어 안의 내용을 펼쳤
다.

  — 보름 뒤 천수 백아원에서 봅시다. 무림맹과
신성교의 미래에 대해 서로 의논해 보면 어떻겠
소? 물론 본인은 혼자 갈 것이며 교주는 몇 명을
데려오든 상관이 없소이다. 어차피 적지에 들어가
는 몸이니 혼자가 편하다오.
  무림맹에 숨어들어가 맹주님을 암습한 신성교
주가 설마 정천원주를 피하겠소? 나올 거라 믿소
이다.

              무림맹 정천원 원주 신원 배상

"후후후후…… 하하하하!"
  임초월은 서찰을 읽은 뒤 크게 웃었다. 신원의 도발적인
서찰 내용 때문에 절로 웃음이 흘러나왔다.
  "무슨 일이신가요?"
  막도희가 궁금함을 못 이기고 어느새 곁으로 다가왔다.
임초월은 서찰을 건네며 말했다.

"총군과 상의를 좀 해야겠소. 불러 주시오."

"예……."

막도희는 대답 후 서찰을 읽으며 물러서다 순간적으로 얼굴을 붉혔다.

"이런 빌어먹을 개 후레자식 같으니! 어디서 감히!"

막도희는 내용을 파악하고 크게 욕한 뒤 유만세를 부르기 위해 재빠르게 밖으로 달려 나갔다.

＊　　　＊　　　＊

백아원으로 가기 위해 천수에 들어온 신원은 시장에서 섭선 하나를 손에 쥐었다. 얼마 안하는 대나무로 만든 섭선이지만 그 안에 담긴 시구가 마음에 들어서 구입했다.

"긴 소리로 사랑가를 부르니…… 어느새 은하수의 별들은 희미하구나. 나 취하고 그대 또한 즐거우니 몽롱한 세상 모두 잊혀지는구나."

가만히 중얼거리며 길을 걸으니 걱정스러운 표정으로 배웅하던 냉소소의 얼굴이 떠올랐다. 그녀는 걱정이 많아서 혼자 가는 것에 반대했지만 만약이란 것이 있기 때문에 홀로 길에 올랐다.

천수성의 사람들도 다른 곳과 마찬가지로 바쁜 하루를

살고 있었다. 그들이 오가는 모습은 살아 있는 사람들의 모습이었고 세상이 여전히 활기차다는 것을 말해 주었다.

무림에 어떤 변화가 오더라도 사람들은 자신의 자리에서 최선을 다하고 하루를 살기 위해 노력할 것이다. 그걸 신원도 잘 알고 있었지만 자신이 사는 무림과 그들의 삶은 큰 벽이 있다. 그 괴리감을 요즘 들어 자주 느끼고 있었다.

"바쁜 모양이군?"

시장을 벗어나 북로로 이어진 큰길에 들어서자 노점에서 국수를 먹던 강풍의 얼굴이 보였다. 그는 그곳에서 신원을 기다린 듯 보였다.

"한 그릇 할 텐가? 내가 내지."

길가에 마련된 작은 탁자 옆 의자에 신원이 앉았다. 그 옆에 그릇을 내려놓은 강풍은 가볍게 미소를 보이며 젓가락을 움직였다. 쩝쩝거리는 소리가 귀를 간지럽혔다.

탁!

신원의 앞에 뜨거운 국물에 가득 담긴 소면이 놓여졌고 젓가락을 손에 쥔 신원은 미소를 보이며 말했다.

"여기까지 마중 나온 건가?"

"설마 내가 너를 마중? 그냥 배가 고파서 잠시 나온 거야. 여기 국수가 내 입맛에 쏙 들기 때문에 가끔 천수에 오면 들리곤 하지. 길거리에서 파는 거지만 아주머니의 솜씨는 아주 좋아."

강풍의 말에 신원은 소면을 먹으며 고개를 끄덕였다.

"면이 살아 있네."

"그렇지?"

강풍은 신원이 맛있게 먹는 모습에 기분 좋은 표정을 보였다. 자신의 입맛을 인정해 주는 행동이기 때문이다.

신원은 면을 먹으며 주변에서 자신을 주시하는 수많은 사람들의 시선을 의식한 듯 말했다.

"교도들이 꽤 많이 온 모양인 것 같은데…… 다 먹이고 재우려면 돈 좀 들겠어?"

신원의 말에 강풍은 주변에 흩어져 있는 수하들을 훑어 보았다. 맞은편 다루에 앉은 사람들과 바로 옆 비단 집에 앉은 사람들도 보였다. 담장에 기대어 서 있는 자들도 보였고 조금 떨어진 주루의 이 층에서 쳐다보는 인물들도 있었다.

"신경 쓸 필요 없어. 어차피 저들도 네 얼굴이 궁금해서 나온 것뿐이니까."

"유명인이라 피곤하군."

신원은 곧 국물을 마시며 그릇을 내려놓았다. 기다렸다는 듯 강풍은 자리에서 일어섰다.

"같이 가지."

"안내해."

거만하게 섭선을 펼치며 말하는 신원의 모습에 강풍은 인상을 찌푸렸지만 곧 걸음을 옮겼고 신원이 뒤를 따랐다.

"강 형, 천수는 유명한 게 뭐가 있지?"

"뭐? 그걸 왜 나한테 물어?"

강풍은 어이없다는 듯 신원에게 되물었다. 그러자 신원은 오히려 당황스럽다는 표정으로 말했다.

"아니, 안내를 자처하는 사람이 그 지역에 대해 모른다는 게 말이 돼? 유명한 관광지는 어디이며 어디가 맛이 좋은 주루이고, 어떤 술이 특산주이고, 밤에는 어디로 가야 남자들이 즐거워할지 다 꿰고 있어야지? 그게 안내를 하는 사람의 기본 아닌가?"

"그걸 내가 왜 알아야 해? 지금 네놈하고 이렇게 걷는 것도 기분 나쁜데…… 특산? 어처구니가 없군."

"쯧! 쯧!"

강풍의 말에 신원은 혀를 차며 다시 말했다.

"그런 것도 모르니 강 형이 이렇게 내 옆에 있는 거야. 눈치가 없으니 다른 사람들과 달리 밖에 나가서 몸으로 때워야지."

신원의 말에 강풍은 다른 칠대사자들을 떠올리다 피식거리며 말했다.

"내가 자처한 일이고 아까도 말했지만 국수가 먹고 싶어 나왔을 뿐이다. 쓸데없는 말로 사람을 현혹해 이간질하려는 거라면 그만두는 게 좋아."

"이런 말로 이간질이 될 신성교였으면 벌써 무너졌겠지."

"여전히 말은 잘하는군."

강풍은 슬쩍 살기를 보이며 차가운 표정으로 한번 째려보다 곧 다시 길을 걸었다. 그때 강풍이 생각난 듯 말했다.

"쓸데없이 입을 놀리다간 여기가 네놈의 무덤이 될지도 모르니 입단속 잘하길 바라네."

신원은 그 말에 미소만 보일 뿐 대답을 안 했다. 굳이 강풍의 협박에 대응할 이유가 없었다.

한참을 걸어가자 백아원의 하얀 담장이 보였고 정문 앞에 서 있는 신성교의 무사들이 보였다. 그들의 기도는 상당히 강한 편이었다. 한눈에 보아도 꽤 긴 시간 동안 고된 수련을 쌓은 고수들로 보였다.

'생각보다 많은 수가 나온 모양이군?'

신원은 그들의 따가운 시선을 받으며 백아원의 안으로 들어갔다.

정문을 지나 대청에 들어서자 후원의 넓은 정원이 창문 너머로 그의 눈에 들어왔다. 신원은 객청에 마련된 원탁 앞에 앉았다.

"교주는?"

"오는 중이네."

강풍은 당연하다는 듯 대답한 뒤 밖으로 나갔다. 홀로 앉은 신원은 주변에 서 있는 신성교의 무사들이 자신의 생각보다 많다는 것을 알았다.

"천라지망이라도 펼친 건가?"

문득 머릿속에 든 생각은 불길함이었다. 하지만 그들에게선 살기가 느껴지지 않았기에 자신의 생각에 의문을 던졌다.

"하긴…… 나라면 이 기회를 놓치려 하지 않겠지. 어차피 죽일 상대라면 기회가 올 때 확실하게 목을 쳐야 할 테니까. 유만세라면 능히 그런 생각을 하고도 남지."

신원은 유만세를 떠올리며 고개를 끄덕였다. 자신과는 전혀 다른 가치관을 가진 인물이었고 인정할 건 인정해야 할 상대였다.

뜨거운 차를 찻잔에 가득 부어 청록빛 찻물을 바라보던 신원은 곧 손을 움직여 찻잔을 잡았다. 그때 그의 눈에 창문 사이로 담장 위의 무사들이 보였다. 그들의 손에 들린 활을 확인하는 순간 본능적으로 위험을 느꼈다.

쉬쉬쉭!

공간을 가르는 바람 소리와 함께 화살들이 창을 통해 날아들었다. 개중에는 문살과 창틀을 뚫고 날아드는 화살들도 있었다.

신원은 재빨리 의자를 뒤로 밀며 탁자를 발로 쳐 올렸다.

파파팍!

원탁을 방패 삼아 들어 올려 화살들을 막은 것이다. 하지만 화살들이 반쯤 원탁을 뚫고 나오자 신원의 표정이 굳어졌다. 신원은 재빨리 원탁을 굴렸고 기둥 뒤로 몸을 피했다.

파파팍!

화살들은 여전히 끊임없이 객청 안으로 쏟아져 들어왔다. 기둥에 몸을 기댄 신원은 앉은 채 섭선을 들어 자신에게 향하는 화살들을 쳐 냈다. 그의 오른손에는 여전히 찻잔이 들려 있는데 찻물은 한 방울도 튀지 않은 듯 여전히 뜨거운 김을 피우고 있었다.

신원은 섭선으로 화살을 쳐 내며 차를 마셨다. 씁쓸한 맛이 지금의 기분을 대신해 주는 것 같았다.

파팟!

몇 발의 화살이 객청으로 들어오다 모두 소진한 듯 더 이상 날아들지는 않았다. 하지만 신원은 그게 끝이 아니라 시작이라는 것을 잘 알고 있는 듯 눈을 반짝였다.

'빠져나갈까? 아니면…… 끝까지 싸울까?'

신원의 머릿속에 든 생각은 두 가지의 고민 중 한 가지의 선택이었다. 어떤 것을 선택하느냐에 따라 행동을 달리해야 했기 때문이다.

쉭쉭!

바람 소리에 시선을 들자 정면에서 다섯의 무사가 반원의 형태로 날아드는 게 보였다. 그들은 마치 제비처럼 낮은 자세로 신원을 향해 도를 들고 달려들었다. 신원은 손에 든 찻잔을 정면의 무사에게 던졌다.

핑!

허공을 가르고 날아가는 찻잔은 매우 빠르게 회전하며 정면의 무사를 향했다. 달려들던 무사의 눈에 찻잔이 보였고 그 순간 이마에 강렬한 충격이 전달됐다.

퍽! 쿠당!

찻잔이 깨지는 소리와 동시에 정면의 무사는 바닥에 머리를 박았다. 하지만 남은 무사들은 표정의 변화 없이 신원을 향했다. 그들의 도가 날카로운 살기와 함께 다가왔다. 신원은 문득 뒤에서도 살기가 느껴지자 굳은 표정으로 허리에 차고 있던 금검의 손잡이를 잡고 뽑았다.

파파팟!

금빛 물살이 퍼져 나오더니 그의 금검이 다가오던 무사들의 육체를 뚫고 뒤로 날아갔다. 그리고는 신원의 몸을 베려던 무사의 목을 지나쳤다. 그 속도는 빛처럼 빠르고 움직임은 마치 뱀과도 같았다.

신원은 오른손을 들어 자신의 머리 위에 돌아온 금검의 손잡이를 잡고 일어났다. 그때 사방에서 조여 오던 무사들의 몸이 '털썩!' 거리며 힘없이 바닥에 쓰러졌다.

그들의 시신에서 흘러나오는 뜨거운 피와 짙은 혈향(血香)이 객청을 가득 채웠고 신원의 눈가에 살기가 맴돌았다.

"이기어검?"

순간적으로 신원이 펼친 검은 허공을 돌아 자유롭게 비행하는 검이었다. 그건 바로 신의 경지에 다다른 자만이 펼친다는 검술의 최고봉인 이기어검.

강풍은 담장 위에 서서 굳은 표정으로 신원의 신위를 지켜보았다. 옆에 서 있던 심이록도 그 모습을 똑똑히 눈에 담고 있었다. 강풍은 잠시 망설였다. 상대의 무공이 자신이 알던 것과 많이 다르기 때문이다.

'멈춰야 할까?'

문득 든 생각이었다. 그때 약속이라도 한 듯 또 다른 무사들이 동료들의 죽음을 눈에 담은 채 신원에게 달려들었다.

신원은 자신에게 달려드는 신성교의 무사들을 바라보며 검을 검집에 넣었다. 마치 저항을 안 하려는 것 같은 행동을 취했으나 그의 전신에서 강한 금빛 호신강기가 피어났고 삽시간에 주변으로 강력한 바람이 휘몰아쳤다.

　"큭!"

　달려들던 무사들이 주춤거렸고 강렬한 금빛이 객청에서 번뜩이며 회오리바람과 함께 솟구쳤다.

　콰콰쾅!

　폭음성이 울렸고 사방으로 부서진 객청의 파편들이 튀었다. 그 속에 있던 신성교의 무사들은 폭풍에 휘말려 뒤로 날아갔다. 그들은 그 여파로 정신을 잃은 것 같았다. 허공으로 솟구친 회오리는 객청을 파괴했고 잔해들은 마치 달팽이의 집처럼 원형을 그린 채 널브러져 있었다. 그 사이로 시신들의 모습도 보였다.

　잔해 위로 허공으로 솟구쳐 올라갔던 신원의 신형이 천천히 내려오고 있었다. 그는 거대한 살기를 보였고 매우 차가운 눈빛을 하고 있었다.

　"놀랍군."

　심이록은 당겼던 활시위를 놓으며 중얼거렸다. 신원이 보여준 신위에 저도 모르게 전의를 잃은 듯했다. 하지만 그것도 잠시 뿐 다시 활시위를 당겼다.

"저런 자를 살려 둔다면 본 교에 큰 우환이 될 것이야."

"확실히…… 그렇지요."

강풍은 심이록의 말에 고개를 끄덕이며 도의 손잡이를 잡았다.

신원은 멀리 떨어진 곳에 서 있는 심이록과 강풍에게 시선을 던졌다. 누가 보더라도 그 둘이 이곳의 우두머리였기 때문이다. 그 둘을 먼저 쳐야 했지만 거리가 삼십 장 정도였기에 쉽게 갈 수 없는 거리였다. 그 사이에 수많은 신성교의 무사들이 몰려들게 뻔했기 때문이다.

"차륜전?"

신원은 자신을 중심으로 오 장여의 거리에 서 있는 수많은 신성교의 무사들을 둘러보며 중얼거렸다. 그들의 형세를 볼 때 차륜전이 분명해 보였다.

하지만 그들은 쉽게 신원을 향해 다가오지 못하고 있었다. 먼저 나서는 순간 그의 살기에 눌려 죽을 것 같았기 때문이다. 죽음을 두려워하는 것은 인간이 가진 본능이었고 누구나 그 길을 피하고 싶어 했다.

슉!

신원이 한발 앞으로 나서자 그들은 뒤로 한발 물러섰고 어느새 아까와 같은 간격을 유지했다. 신원은 재미있다는 표정으로 다시 한발 나섰다. 그러자 신성교의 무사들이 거의 동시에 우르르 한걸음 물러섰다.

"하하하하하!"

신원은 저도 모르게 크게 웃었고 그의 웃음소리가 허공으로 솟구쳤다. 신성교의 무사들은 고막이 터질 것 같은 고통에 인상을 쓰며 귀를 막고 내력을 끌어 올렸다. 급작스러운 사자후였고 미처 대비할 틈도 없이 갑작스럽게 전개한 신원의 일격이었다. 그들이 비틀거리는 순간 허공을 가르고 번개 같은 화살이 날아들었다.

쒸아아악!

강한 내력을 담은 화살은 강렬한 회오리와 함께 신원에게 날아들었고 그 모습에 신원의 사자후가 멈췄다. 신원은 섭선을 들어 화살을 쳐 냈다.

퍽!

화살을 쳐 낸 순간 신원은 살짝 미간을 찌푸렸다. 생각보다 강한 내력이 담겨 있었기 때문에 섭선이 찢겨져 나가자 절로 기분이 상했다.

"산 지 얼마나 됐다고……."

신원은 멀리 서 있는 심이록을 슬쩍 노려보았다. 그가 쏜 화살에 자신의 섭선이 망가졌기 때문이다.

심이록은 신원의 시선에 저도 모르게 굳은 표정을 보였다. 금방이라도 신원이 자신에게 달려들 것처럼 보였기 때문이다. 하지만 신원은 금세 시선을 돌렸고 심이록은 가슴을 쓸어내렸다. 그때 그들의 머리 위로 검은 그림자 하나가 옷자락을 휘날리며 날아들었다.

휘리릭!

청포를 휘날리며 신원의 삼 장 앞에 모습을 보인 중년인은 이팔선이었다. 그는 수염을 쓰다듬으며 신원을 향해 미소를 보였다.

"오랜만이군."

"오랜만입니다."

신원은 이팔선에게 살기가 없자 살기를 거두었다.

"수하들의 실수가 있었던 것 같은데 그만하는 게 어떻겠나?"

"실수라 하기엔 상당히 거친 것 같습니다."

"뭔가 착오가 있었던 모양이네."

"그게 아니라 한번 못 먹는 감 찔러나 보자라는 심보 같은데요?"

신원의 말에 이팔선은 재미있다는 듯 가볍게 웃었다.

"하하하! 그렇게 생각한다면 어쩔 수 없는 일이고. 이미 일어난 일을 무를 수는 없지 않나?"

"누구의 생각입니까?"

"그건 나도 모르네. 찾아봐야지."

이팔선은 당당히 대답했고 신원은 이게 이팔선이 주도한 게 확실하다 생각했다. 그렇지 않다면 저렇게 철판을 깔고 대답할 리 없기 때문이다.

이팔선은 다시 말했다.

"본 교에서 자네를 놓아준 정도 있으니 오늘 우리의 실수를 이만 잊어 주게."

신성교에서 포로로 잡힌 동료들을 데려올 수 있게 도와준 사실도 있었기 때문에 그의 말을 무시할 수 없었다. 신원은 인상을 찌푸리며 말했다.

"일단 수하들을 좀 물려야겠습니다."

"그러지."

이팔선은 고개를 끄덕인 뒤 수하들에게 물러가라는 듯 손을 들었다. 곧 강풍과 심이록이 죽은 동료들을 수습한 뒤 수하들과 함께 물러섰다. 그들이 모두 백아원을 떠난 듯하자 신원은 곧 주변을 둘러보았다. 쓰레기더미로 변한 객청의 잔해 사이로 삐죽 모습을 보인 기둥을 손으로 쳐서 눕힌 뒤 앉았다.

"교주가 저를 죽이라고 시킨 것 아닙니까?"

"그랬으면 이렇게 쉽게 물러나겠나?"

이팔선은 손을 저으며 대답 후 마당의 한쪽에 놓인 평평한 돌 위에 앉았다. 그리고 그 옆으로 소리 없이 허공에서 내려오는 임초월이 있었다. 그는 신원을 보자 미소를 보였고 강한 기도를 내뿜었다.

"내가 시킨 게 맞아. 네 실력이 어느 정도인지 궁금했으니까."

임초월의 말에 신원은 미간을 찌푸렸다. 그가 나타난 것은 이미 알고 있었다. 그의 기도는 강했고 상당히 먼 거리에서도 느껴질 만큼 그 존재감은 매우 컸다.

임초월의 말에 이팔선은 고개를 끄덕였다. 수하들의 실수를 자신의 실수로 인정하면서 감싸려는 행동이었기 때문이다.

사실 이번 일은 그가 시킨 게 아니라 칠대사자들의 독단적인 행동이었기에 실패로 끝난 이상 큰 화를 당할 위기이기도 했다. 이팔선은 강풍과 심이록을 엄벌하려고 마음먹었으나 임초월의 말에 화를 풀어야 했다. 그가 시켰다고 하니 그냥 적당한 벌을 주면 그만이었고 그 벌을 뭐로 할지 잠시 고민해야 했다.

그가 지금의 기습에 직접 나서서 현 상황을 막은 이유는 신원의 무공이 강풍이나 심이록이 바라보는 시각과 완전히 다르기 때문이다. 차륜전을 펼친다 해서 크게 이득을 볼 상대도 아니었고 양패구상하면 더없이 좋겠지만 쓸데없는 인력의 낭비가 될 수도 있었다.

그만큼 신원의 무공은 대단했다.

신원의 불만 섞인 목소리가 울렸다.

"궁금했다면 직접 나서야지……. 이제 거물이라고 직접 손을 쓰는 것도 귀찮은가?"

"그렇지."

임초월은 신원의 도발적인 말에 그저 담담한 표정으로 고개를 끄덕였다.

"못 본 사이에 신수가 훤하군."

신원의 말에 임초월은 혈도의 도집을 손으로 만지며 감정을 조절했다. 신원의 목소리와 말투는 분명 도발적이었기 때문이다.

"본론만 말하게."

임초월은 신원을 오래 상대하기 싫은 듯 물었다. 좋지 못한 과거의 기억을 떠올리게 하는 그와 길게 이야기를 나누고 싶은 마음은 없었다.

"무림맹의 맹주를 직접 죽였다는 자네의 실력이 정말 진짜인지 아닌지 확인하고 싶네."

"무림맹주는 내 스승님을 죽인 원흉이자 복수의 대상이었다. 나는 신성교의 교주로서 의무를 다해 곽위를 죽였지."

"솔직히 곽 맹주를 죽인 자네의 무공은 칭찬할 만하지.

사실 나도 곽 맹주를 좋아하지는 않았으니까. 허나 그래도 맹주였고 정도의 정점에 선 사람이었어. 그런 그를 네가 죽였으니 정도에서 가만히 있겠나? 시간이 걸리더라도 신성교와 반목하려 들겠지. 아니, 어쩌면 돌아올수 없는 강을 건넌 것일지도 모르지."

"애초에 우리와 무림은 전혀 다른 세계에 살고 있어. 그걸 모르는 것은 아닐 텐데? 또한 우린 둘 다 절대로 타협할 수 없는 사람들이네."

임초월의 말에 신원은 아쉬운 표정으로 짧은 숨을 내쉬었다. 처음부터 타협할 생각이 없으니 타협에 대한 이야기라면 꺼내지도 말라는 뜻이 내포되어 있었기 때문이다.

신원은 임초월의 말이 그가 생각한 말이기보다는 유만세의 말처럼 들렸다. 신원은 다시 말했다.

"나는 자네와 비무를 하고 싶네."

"비무라고?"

임초월은 생각지도 못한 그의 말에 살짝 미간을 찌푸렸다. 신원이 백아원에 온 것은 타협이나 협상을 위해 온 것으로 예상하고 있었기 때문이다.

임초월의 눈동자에 당황스러움이 보이자 신원은 다시 말했다.

"임 교주. 자네와 목숨을 건 비무를 하고 싶어. 패배는 곧 죽음이고 둘 중 한 명은 분명 죽겠지."

신원의 말에 임초월은 당황했지만 금세 눈을 반짝이며 슬쩍 살기까지 보였다. 그의 입가에 미소가 걸렸고 본능적으로 올라오는 투쟁심에 심장이 크게 뛰기 시작했다.

"자네의 목숨을 거둘 수 있다니 매우 좋은 제안이로군."

"승낙인가?"

"과거의 나라면 바로 승낙을 했겠지만 지금의 나는 나 혼자만의 몸이 아니라서 말일세……. 잠시 고민이 필요하겠어."

임초월은 미소를 보이며 손을 저었다. 그의 투쟁심은 현재 매우 커진 상태였다. 그 모습을 보던 이팔선이 말했다.

"신 원주의 도발에 넘어갈 필요는 없소이다."

그 말에 신원이 미소를 보이며 둘을 쳐다보았다.

"호오? 신성교의 교주가 세불양립이라 불리는 정도에서 걸어온 비무를 거절한단 말입니까? 그것도 정천원의 원주가 목숨을 걸었는데 말이죠. 그걸 거절한다면 교주의 무공을 사람들이 비웃겠지요."

임초월의 표정이 굳어졌고 신원은 다시 말했다.

"곽 맹주를 죽인 것은 거짓이 아닐까? 이런 말이 나올지도 모르지…… 신성교의 단단한 결속이 풀리고 싶은가?"

"겨우 비무 한 번 거절했다고 해서 본 교의 결속력이 끊어지는 일은 없다."

임초월의 말에 신원은 미소만 보였다. 그의 말이 틀린 말처럼 보이지는 않았기에 고개만 끄덕였다.

이팔선은 신원의 도발에 심기가 불편해 보였고 은근히 살기를 내뿜었다. 여차하면 기습이라도 할 생각인 듯 보였다.

신원은 이팔선의 살기가 당연하다고 생각했기에 크게 신경 쓰지 않았다. 지금 중요한 사람은 이팔선이 아니라 임초월이었기 때문이다.

"겁을 먹었다면 그냥 포기해도 상관없어. 나야 이대로 돌아가면 그만이니까."

신원의 말에 임초월은 어이없다는 듯 눈을 반짝였다.

"후후…… 하하하하하!"

임초월은 실소를 흘리다 크게 웃었다. 신원의 도발이 자존심을 자극하고 있었기 때문이다.

"죽음이 두려운 건 내가 아니라 자네겠지. 굳이 날짜를 정하기보다 지금 이 자리에서 하는 게 어떻겠나?"

임초월은 혈도의 손잡이를 잡았다. 그 모습에 신원은 미소를 보이며 고개를 저었다.

"승낙한 것인가? 그것부터 말하게."

신원은 임초월의 입에서 확답을 받아야 했다. 교주의 위

치에 있는 임초월의 말은 곧 약속이었고 신의였다. 그만한
위치의 사람이 거짓을 말하면 안 되기 때문이다.

"무림맹주도 죽인 나다. 정천원주까지 죽인다면 더 좋겠
지. 좋다. 자네의 비무를 받아들이지."

임초월의 말에 이팔선은 자신이 할 수 있는 게 없다는 것
을 알았기에 입을 다문 채 상황만 지켜보고 있었다. 임초월
은 미소를 보였고 매우 즐거운 눈빛을 던지고 있었다.

신원이 말했다.

"달포 뒤 종남산 소당봉에서 보세."

"달포 뒤? 아무 때나 가면 되겠나?"

"아무 때나 오게. 어차피 난 종남산에서 자네를 기다리
고 있을 테니까."

"좋아."

임초월은 고개를 끄덕이다 궁금한 표정으로 물었다.

"그런데 굳이 종남산으로 고른 이유가 있나?"

"종남에서 죽은 종남파 사람들에게 네 목을 던져 그 원
혼들을 달래 주려고."

"재미있군."

임초월은 신원의 말에 스산한 미소를 보였다. 그의 눈빛
은 차갑게 반짝였고 날카로운 살기가 가시처럼 신원을 찌
르기 시작했다.

"그곳에 네놈의 시신을 조각내어 들짐승의 밥으로 만들어 주마."

"기대하지."

신원의 대답에 임초월은 곧 살기를 거두며 신형을 돌렸다.

"돌아갑시다."

임초월의 말에 이팔선은 자리에서 일어나 그의 뒤를 따랐다. 그 모습을 신원은 한참이나 바라보고 앉아 있었다.

第八章

문이 없는 집

　백아원을 나온 신원은 천천히 천수성을 빠져나가기 위해 남문으로 향했다. 여전히 성내에는 사람들이 많았고 그들은 좀 전에 백아원에서 일어난 일과 전혀 상관없는 사람들처럼 각자의 일에 열중하고 있었다.

　신원은 남문을 통해 오가는 사람들을 구경하다 잠시 걸음을 멈추었다. 그가 걸음을 멈춘 이유는 남문 옆에 수레와 함께 서 있는 젊은 여자 때문이었다. 그녀는 신원을 바라본 채 미소를 보였다.

　신원은 저도 모르게 급한 걸음으로 다가갔다. 그녀는 냉소소였다.

"소소."

냉소소는 신원의 말에 미소를 보였다.

"여긴 왜 온 거야?"

"그냥…… 아무리 생각해도 혼자 보낼 수 없어서요. 함께 해요."

"기다리지."

"올지 안 올지 모르잖아요? 영원히 안 올지도 모르고……."

냉소소의 말에 신원은 고개를 저었다.

"걱정하지 말라니까."

신원은 그녀의 어깨를 다독이며 마부석에 올랐다. 그 옆에 냉소소가 앉았고 둘은 천천히 남문을 빠져나갔다.

덜컹! 덜컹!

흔들리는 수레에 몸을 맡긴 냉소소는 어느새 신원의 어깨에 얼굴을 기대었다. 그 무게감이 싫지 않은지 신원은 그저 담담한 미소를 입가에 그리고 있었다.

"임 교주하고는 무슨 얘기를 나눴어요?"

그녀의 물음에 신원은 별거 아니라는 듯 대답했다.

"목숨 걸고 비무 한번 하자 겁먹었으면 비무 포기하고 겁쟁이로 살든가? 그러니까 알았다고 하더군."

"풋!"

냉소소는 신원의 말에 가볍게 웃음을 흘렸다. 문득 그녀
의 머릿속에 공지의 말이 떠올랐다.

"신원이 죽을 거다. 그걸 알면서도 보낸다는 것이냐?"
"저도 모르겠어요."
"도대체 왜? 무조건 말려야지? 왜 그렇게 옆에서 수수
방관만 하고 있느냐?"
"제가 할 수 있는 건 믿어주는 것뿐이에요."
"신원이 죽으면 그건 네 책임도 있다는 것을 명심해
라."
"네."
"그가 죽으면 너도…… 힘들 거다."
"달라질 건 없어요. 그저…… 신원이란 사람이 죽었을
뿐이고 저라는 사람이 검을 버리겠죠. 그뿐이에요."
"바보 같은 연인이로군."

냉소소는 공지의 바보 같다는 말을 떠올리자 다시 한 번
웃음소리를 흘렸다. 그 소리에 신원은 궁금한 표정으로 물
었다.
"뭐가 그렇게 재미있는데 계속 웃어?"
"그냥 신 가가의 도발이 너무 재미있어서요."

"하긴 마교주도 내 말에 화가 났는지 두렵냐는 말에 내 목을 자르겠다고 하더군."

"섬뜩하네요."

냉소소는 담담히 대답했다. 하지만 그녀의 평온해 보이는 눈빛도 마음도 사실 누구보다 불안했다. 지금의 상황에서 벗어나고 싶었다. 그렇지만 말릴 수 있는 일이 아니었고 이 미 사건은 벌어진 상태였다.

"강호의 사람들이 신 가가와 마교주가 비무를 한다면 어떤 반응을 보일까요?"

"글세……. 그냥저냥 하지 않을까?"

"가끔 보면 신 가가는 자신을 너무 과소평가하는 것 같아요. 지금 천하를 주름잡는 고수께서 그런 말을 하다니요? 지금 천하에선 신 가가를 남 맹주의 뒤를 이어 무림맹을 이끌어 갈 절대고수 중 한 명이라 부르고 있어요."

"소문은 원래 과장되기 마련이야."

신원은 고개를 저으며 미소를 보였다.

"그리고 그 자리는 나 같은 사람이 앉기에 너무 무거워."

"그런가요? 그럼 누가 앉아야 하는 건데요?"

"적어도 나보다 더 뛰어난 사람?"

"누굴까…… 그런 사람이."

냉소소는 살짝 아미를 찌푸리며 신원보다 뛰어난 사람을

찾으려 했다. 그 모습이 귀여운지 신원은 다시 말했다.

"솔직히 말하면 그런 자리보다 소소의 눈에 제일로 보이
면 그만이야. 그런 자리보다 지금 엉덩이를 마주 붙이고 앉
은 이 자리가 더 좋고."

그의 말에 냉소소는 기분이 좋은지 더욱 밀착하려는 듯
엉덩이를 밀었다.

"이런 자리요?"

"당연하지."

신원은 고개를 끄덕였고 냉소소는 다시 신원의 어깨에 얼
굴을 기대며 말했다.

"좋은 소식이 하나 있어요."

"궁금하군."

"아버님이 신 가가와의 혼인을 허락하신데요. 어머니도
좋아하시고요. 이번 여행이 끝나면 집으로 오래요."

"정말? 너무 좋은 소식인데? 하하하!"

신원은 즐거운 듯 크게 웃은 뒤 다시 말했다.

"함께 가자."

신원의 말에 냉소소는 입가에 미소를 그리며 신원의 어깨
에 몸을 기댄 채 눈을 감았다.

"네."

                    *   *   *

　무림맹 정천원에 자리한 커다란 대정원을 걷는 일남일
녀는 이검영과 남소유였다. 둘은 다정한 연인처럼 한가롭게
산책하며 담소를 나누고 있었다. 길을 걷던 둘의 눈에 의자
에 홀로 앉아 있는 모용혁이 보이자 다가갔다.

　모용혁은 근심스러운 표정으로 의자에 앉아 있다가 두
사람이 나타나자 시선을 던졌다.

　"둘이 요즘 자주 붙어 다닌다? 행복하냐? 자랑하고 싶
냐? 아니면 죽고 싶어?"

　모용혁의 말에 이검영은 웃으며 말했다.

　"죽고 싶은 것만 빼고 다 포함되지. 그런데 넌 왜 그렇게
얼굴이 어두워?"

　이검영의 물음에 모용혁은 깊은 한숨을 내쉬었다.

　"말도 마라…… . 휴우…… ."

　모용혁은 고개를 절레절레 흔들며 다시 말했다.

　"하아하고 같은 방을 쓰는 건 잘 알고 있지?"

　"그렇지."

　"하아 이 계집애가 매일 술이야. 매일…… . 거기다 알다
시피 이 계집애가 취하면 욕지거리가 장난 아니거든. 아주
환장하겠다."

"매일 술 마신다고?"

"시련의 아픔을 술로 달래야 한다면서 술독에 젖어 살아. 내 마음이 아프다."

모용혁의 말에 이검영은 걱정스러운 표정을 보였다.

"그래서 요즘 잘 안 보였구나……. 날 보면 그냥 볼일 있다고 피하더니 결국 술이었어, 이 계집애."

남소유가 중얼거리자 모용혁이 번뜩이는 눈빛으로 말했다.

"소유가 가서 좀 달래 주면 안 될까?"

"알았어요. 제가 가 볼게요."

남소유는 대답 후 재빨리 모용하의 거처로 향했다. 그녀가 멀어지자 모용혁이 혀를 차며 말했다.

"왜 하필 원이를 좋아해서 그 모양인지. 쯧! 쯧!"

"사람의 마음은 알 수가 없는 것 아니겠어? 나 역시 내가 설마하니 저 말썽쟁이 소유와 인연이 될 거라 상상하지 못했어."

"하긴 그렇지. 너랑 소유가 만날 거라고 상상도 해 본 적이 없었으니까."

"그렇게 좋으면 첩이라도 되면 될 텐데. 문제는 모용가의 여자가 남의 집에 첩으로 들어가는 일은 있을 수 없는 일이라는 거겠지."

"그런 일은 내가 용서치 않아."

모용혁의 말에 이검영은 당연하다는 듯 고개를 끄덕였다.

"나도 그건 마찬가지야."

이검영도 여동생이 있었기 때문에 그 마음은 모용혁과 같았다. 모용혁이 다시 말했다.

"그런데 웃긴 건 말이야. 그 둘도 만학관에 있을 땐 전혀 상상치 못했던 조합이었어."

"그렇지."

이검영은 그 말에 고개를 끄덕이며 냉소소와 함께 다니는 신원을 떠올리다 고개를 저었다.

"그 문제보다 너나 걱정해라. 넌 언제 장가가려고? 그러다가 진이보다 늦게 가는 거 아니야?"

"여자는 많은데…… 내 이 지랄 맞은 성격 때문에……."

"눈이 높은 거겠지."

이검영의 말에 모용혁은 인정할 수밖에 없다는 듯 고개를 끄덕였다.

"눈에 차는 여자는 솔직히 초희 정도인데…… 그 계집애는 너무 딱딱해서 문제야."

"하하하하!"

이검영은 모용혁의 말에 크게 웃었다. 생각지도 못한 왕초희의 이름을 들었기 때문이다.

"요즘 자주 만나더니 마음에 들기 시작한 모양이군?"

"업무적으로 자주 부딪치니 미운 정이 들기 시작한 모양이지."

모용혁은 인생을 포기했다는 듯 중얼거리며 일어섰다.

"그나저나 원이는 도대체 뭐하고 있길래 아직도 감감무소식인지 모르겠어."

"여행 중이라고 하니 곧 오겠지."

"제발 이별 여행이 되거라. 젠장."

모용혁은 악담을 마지막으로 집무실로 향했고 그 옆으로 이검영이 함께 따랐다.

모용하의 방에 들어온 남소유는 술 냄새와 빈 술병들이 방 안에 굴러다니는 모습에 인상을 찌푸렸다. 그대로 서 있으면 주향에 취해 버릴 것 같은 방이었다. 방 안의 공기를 환기시키기 위해 창문을 열었고 그 사이로 강렬한 햇빛이 안으로 들어오자 잠을 자던 모용하가 눈을 떴다.

"뭐야? 누군데 창문을 열고 지랄이야."

"나다. 이년아."

남소유가 인상을 쓰며 이불을 걷자 모용하가 소리쳤다.

"악! 저리가! 이 요사스러운 배신녀야!"

"배신? 내가 뭘 배신해? 술이나 처마시는 미친년."

"흥! 내가 이 선배에게 그날 밤 침실 침투 사건을 다 말해

버려도 좋은 모양이지?"

모용하의 말이 끝나는 순간 남소유는 본능적으로 모용하의 입을 막았다. 그리고 과거 신원의 침실에 침투했던 사건을 들먹이는 모용하에게 살기를 보였다.

"그건 절대 비밀이다. 죽을 때까지……. 안 그러면 내가 무슨 짓을 할지 몰라."

"알았어! 알았으니까 남자나 구해서 대령해라."

"신 선배는?"

"잊어야지."

모용하는 체념한 듯 시무룩한 표정으로 고개를 저었다.

"기회가 있었을 때 그냥 덮치는 거였는데……. 그랬다면 이렇게 후회도 안 할 텐데 말이야. 애초에 처음부터 그 계집애랑 곤명으로 간다 했을 때 말렸어야 했어. 아니면 나도 함께 가든가……. 이건 내 불찰이야."

"그만 잊고 다른 남자나 찾아."

"시간이 해결하겠지. 술이나 좀 가져와."

"마시면 좀 잊혀져?"

모용하는 고개를 저으며 대답했다.

"잊으려고 마시는 게 아니라 더욱더 선명하게 기억하려고 마시는 거야……. 술은 맨 정신에서 기억 못 하는 것까지 모두 기억하게 만드는 신묘한 약이니까."

"후······."

남소유는 모용하의 말에 깊은 숨을 내쉬며 방문을 열었다.

"가져올게. 나도 이 기회에 좀 마셔야겠어."

"넌 왜?"

"혼인을 앞둬서 그런지 싱숭생숭해."

"그렇겠네······."

"기다려."

남소유는 미소를 보인 뒤 밖으로 나갔고 모용하는 자리에서 일어나 거울을 바라보았다. 퀭한 눈동자에 붉게 달아오른 얼굴이 전혀 다른 사람처럼 보였지만 딱히 신경 쓰지는 않았다. 어차피 볼 사람도 없었기 때문이다.

"개자식. 어떻게 날 두고······. 와······ 진짜······ 와······ 이건 아니다."

신원을 떠올리자 저도 모르게 입술 사이로 욕이 튀어나왔다.

사천무림을 공략하기 위해 새외무림을 돌고 돌아온 유만세는 이팔선을 가장 먼저 만났다. 신원과의 일을 연락받았기 때문에 궁금한 게 많았던 것이다.

"별일 없었는가?"

이팔선은 유만세가 서재에 들어와 앉자 차를 따르며 물었다.

"별일 없었네. 그것보다 신원과 비무라니. 그게 사실인가?"

"사실이네."

이팔선은 맞은편에 앉으며 고개를 끄덕인 뒤 다시 말했다.

"비무를 말리려 했지만 그럴 틈이 없었지."

"신원이 종남산에서 교주님과 비무를 하겠다라…… 종남산은 어떤가?"

"보고로는 무림맹의 무사들은 보이지 않는다고 하네. 혼자 기다리고 있겠다고 했으니 그 말처럼 혼자 있을 모양이야."

"간이 부운건지……."

유만세는 살짝 눈을 반짝였다. 그를 죽일 수 있는 기회이기도 했기 때문이다.

"오히려 잘된 건지도 모르지…… 잠룡을 미리 제거할 수 있는 기회를 스스로 제공해 주었으니 말일세. 신원의 날개가 더 커지기 전에 제거하는 것도 우리에겐 좋은 일이네."

"동의하네."

이팔선은 유만세와 같은 생각이었기에 대답했다. 그가 볼 때도 기회가 왔을 때 신원을 제거하는 게 좋다고 본 것이다.

"교주님과의 비무는 약속된 것이니까 그냥 두고, 기회를 봐서 그를 처단하기로 하지."

"지쳤을 때를 노리겠다는 건가?"

"그렇게 해야 쉽게 처리할 수 있는 상대니까 어쩔 수 없지. 결코 쉬운 상대가 아니야."

유만세의 말에 이팔선은 부정하지 않았다. 그의 무공에 자신도 한 수 뒤지는 듯 보였기 때문이다.

"교주님께서 패한다면 어떻게 할 건가?"

"교주님은 패할 분이 아니네. 자네도 알다시피 천무신공을 대성하신 분이신데 어찌 패하겠나? 질 거란 생각이 안 드네."

"적수가 없는 것도 사실이나 만약이란 것이 있지 않은가? 신원은 삼존의 후예고 금천문의 무공 또한 대단하네."

"흠……."

이팔선의 말에 유만세는 그의 말이 틀린 게 아니기 때문에 고민스러운 표정으로 말했다.

"확실히 자네의 말도 맞아. 혹시 모르니 교주님께 주의를 주는 것도 나쁘지는 않겠지."

자리에서 일어선 유만세는 남은 차를 다 마신 뒤 다시 말했다.

"교주님께 가보겠네."

"수고하게나."

이팔선의 인사에 유만세는 미소를 보인 뒤 곧 빠르게 걸음을 옮겼다.

넓은 수련관의 중앙에 홀로 앉아 운기조식을 하던 임초월의 주변으로 가벼운 바람이 불고 있었다. 그가 만든 바람은 수련관을 가득 맴돌고 있었으며 미세한 먼지처럼 희뿌연 색을 띄고 있었다. 그 바람들이 어느 순간 사라지자 임초월은 조용히 눈을 떴다.

그의 눈빛은 맑았고 은은히 흘러나오는 기도는 거대했다.

슥!

가볍고 경쾌한 옷자락 소리에 임초월은 입가에 미소를 그렸다. 누군지 잘 알기 때문이다.

"저예요."

자야의 목소리에 임초월은 자리에서 일어나 그녀를 향해 신형을 돌렸다.

"벌써 점심이 다 된 것이오?"

"아니에요. 총군이 서재에 와서 기다려요."

"오늘 돌아온다 했었지……. 갑시다."

임초월은 유만세가 돌아온다는 것을 기억한 듯 걸음을 옮겼다. 그의 옆으로 자야가 바짝 붙었다.

　임초월이 그녀의 손을 잡으며 말했다.

　"생각을 해 봤는데 말이오. 사내가 태어나면 중원이라 하고 딸이 태어난다면 혜라고 하면 어떻겠소?"

　"의미가 있는 건가요?"

　"중원이란 이름을 가지면 중원을 차지하지 않겠소? 하하하!"

　그의 말에 자야는 가볍게 미소를 보였다.

　"혜는요?"

　"혜는 예뻐서 그런 것이오."

　"나쁘지 않네요. 하지만 더 좋은 이름이 생기면 바꿀 테니 그리 아세요."

　"그렇게 합시다."

　임초월은 웃으며 고개를 끄덕였고 곧 서재로 들어섰다. 그곳에 유만세가 기다리다 임초월을 보자 자리에서 일어섰다.

　"그동안 별고 없으셨습니까?"

　"유 선배도 잘 다녀오셨습니까?"

　"물론입니다."

　"앉읍시다."

임초월이 먼저 앉자 그 뒤로 유만세가 앉았고 자야가 차를 따라 주었다.

"가신 일은 어떻게 되었습니까?"

"다행히 그들도 사천무림을 공략할 때 그 시기에 맞추어 강북무림으로 진출한다고 합니다. 강호를 뒤흔들고 싶다더군요."

"다행입니다."

일이 잘 진행되는 것 같아 임초월은 만족한 표정을 보였다. 유만세가 말했다.

"신원과의 비무는 어떻게 된 일입니까?"

"별일 아닙니다. 어차피 끝을 봐야 할 상대이니 이 기회에 연을 끊어야지요."

"조심하십시오. 그래도 금천문의 후예입니다."

"조심할 것입니다."

신원이 금천문의 후예라는 것은 임초월도 잘 알기에 미소로 대답했다.

"종남산을 중심으로 천라지망을 펼칠 계획입니다. 혹시 만약에라도 패할 것 같다면 주저 없이 저희 쪽으로 오셔야 합니다."

"그런 일이 있겠습니까?"

유만세는 민감하고 조심스러운 말이었지만 스스럼없이

말했다. 그래야 했고 자신이 경각심을 일깨워야 했기 때문이다. 임초월의 입장에선 분명 자신의 무공을 걱정하는 것 자체가 자존심이 상하는 일이 될 수도 있었지만 유만세의 말에 불만은 없었다. 그만큼 그가 자신을 걱정하고 있다는 반증이기도 했기 때문이다.

"자존심보다 중요한 것은 교주님의 안위이며 생명입니다. 그 점을 생각하시고 물러설 때는 가감 없이 물러서야 합니다."

"잘 알겠습니다."

"교주님의 절대 승리를 믿지만 만약을 대비해야 하는 게 제 일이니 심기가 불편하셨다면 사과드립니다."

"잘 알고 있으니 사과할 필요 없습니다."

임초월의 말에 유만세는 다행이라는 듯 차를 마셨다.

"최선을 다해 준비할 테니 걱정하지 마십시오."

"알겠습니다."

유만세의 대답에 임초월은 여유 있는 눈빛을 던졌다. 그는 준비가 다 되어 있었고 언제라도 신원을 죽일 자신이 있었다.

*　　　*　　　*

종남산 초입에 작은 마을이 있었고 사람이 없는 빈집을
잠시 임대한 신원과 냉소소는 하루 종일 함께 시간을 보내
고 있었다. 특별히 하는 일은 없었지만 마주 앉아 흘러가는
구름을 보는 것도 좋은 시간이었다.

　　햇살이 따스하면 떨어지는 낙엽을 밟으며 함께 종남산
의 초입을 걸었다. 여러 색이 섞인 알록달록한 숲과 산의 모
습을 눈에 담았다. 그리고 길을 걷다 흘러가는 작은 강물을
바라보며 휴식을 취하기도 했다.

　　배가 고프면 마을에 들어가 작은 주점에 앉아 식사를 했
다. 많은 말이 오가지는 않았지만 한가롭고 여유 있는 시간
을 둘은 함께 보내고 있었다.

　　주점을 나온 둘은 천천히 마을의 거리를 걸으며 집으로
향했다. 마을의 길거리엔 작은 상점들이 있었고 한쪽엔 아
이들이 뛰어놀았다. 어른들은 할 일이 많은지 여기저기 모
여 앉아 추수를 준비하고 있었다.

　　"앞으로 살면서 지금처럼 이렇게 편한 시간이 다시 올까
요?"

　　"다시 오겠지. 우린 앞으로 긴 시간을 함께 보내야 하니
까."

　　"맞아요."

　　냉소소는 조용히 대답했다. 신원은 처음 보는 사람들이

한쪽에 모여 앉아 웃고 떠들자 조용히 말했다.

"종남산에 신성교의 사람들이 꽤 온 모양이야."

"그런 것 같아요."

냉소소도 고개를 끄덕였다. 신원이 다시 말했다.

"종남산을 빠져나갈 때 좀 고생할지도 모르겠어."

"크게 걱정은 안 해요."

냉소소의 미소에 담긴 믿음을 읽은 신원은 그녀의 손을
잡았다.

"내일은 소당봉에 가 보자."

"미리 주변을 살피려는 건가요?"

"그게 아니라 소당봉에서 바라본 경관이 아주 멋지다고
들었어. 일출을 보는 것도 나쁘지는 않겠지."

"일출을 보려면 새벽에 일찍 가야 할 거예요."

냉소소의 대답에 신원은 미소로 답했다. 일반 사람이라면
반나절 이상 가야 도착할 곳이 소당봉이다. 일출을 보려면
전날에 출발해 소당봉 인근에서 잠을 자야 했다. 그 정도로
꽤 먼 곳이었지만 신원과 냉소소가 가기엔 먼 거리는 아니
었다. 그들은 높은 경공술을 지녔고 산을 오르는데 어려움
이 없었다.

"부부라도 된 모양이군."

막도희는 마을에서 멀리 떨어진 초가에 앉아 수하의 보고
를 받으며 중얼거렸다. 그녀는 신원과 냉소소의 감시를 맡
았기에 어느 정도 거리를 유지한 채 지켜보고 있었다. 그런
데 문제는 감시를 해야 하는데 화가 난다는 점이었다.

둘이 손을 잡고 가는 모습을 멀리서 보는 순간 왠지 모
르게 닭살이 돋았고 거리를 둬야 했다.

"일이 생기면 즉시 보고해."

"예."

수하가 대답 후 밖으로 나가자 막도희는 술병을 열어 향
을 맡으며 한 모금 마셨다.

"신원…… 네가 죽는 순간 네 연인도 함께 죽을 거다."

막도희는 가만히 중얼거리며 살기를 보였다.

이른 새벽 두 개의 그림자가 빠르게 종남산으로 올라가
기 시작했다. 둘은 나무의 머리에 올라서서 경공을 펼쳤고
삽시간에 산을 타기 시작했다.

그들이 집을 나가 산에 오르자 그 주변에 있던 감시자들
은 인원을 나눠 신원의 뒤를 추적하는 자들과 막도희에게
보고하는 자로 갈렸다.

신원과 냉소소는 서로의 발을 맞추어 나무를 차고 한 번
에 십여 장이나 뛰어 올라 소당봉으로 향했다.

집을 나온 지 반 시진도 안 되어 소당봉의 꼭대기에 오른 둘은 넓고 평평한 십여 장의 공터에 멈춰 서서 저 멀리 동편을 바라보았다. 공기는 차가웠고 맑았다. 새벽의 구름이 낮게 산등선을 타고 이동했고 물기 가득한 습기가 코를 자극했지만 시원했다.

아직 일출은 시작되지 않았기에 푸르스름한 새벽의 하늘만이 그들의 눈에 들어왔다. 신원이 말했다.

"비무와 상관없이 신성교는 나를 죽이려 들 거야."

냉소소도 그의 말에 예상은 하고 있었는지 조용히 고개만 끄덕였다.

"소소…… 너도."

"알고 있어요."

냉소소는 변화 없는 표정으로 대답했다. 마치 아무런 걱정이 없다는 듯 눈빛은 맑았고 흔들림이 없어 보였다.

"종남산 전역에 신성교의 고수들이 즐비하게 천라지망을 펼치겠지……."

"그 전에 비무가 먼저예요."

"하긴……."

신원은 냉소소의 말에 미소를 보였다. 그녀의 말이 정답이었기 때문이다.

"그날이 되면 저기 보이는 천지를 지나 종남봉을 뒤로하

고 서편으로 갈 거야. 천지 부근에서 기다리면 그리로 갈
게."

"알았어요."

퇴로를 명확하게 집어 주는 신원이었고 냉소소도 그 방향
을 통해 천라지망을 뚫겠다는 것을 알았다.

서서히 해가 떠오르기 시작하자 주변 하늘이 붉고 푸르
게 변하기 시작했다. 그 모습에 냉소소는 자연스럽게 신원
의 손을 잡았고 두 사람은 수많은 봉우리와 산등선 사이로
비치는 일출에 시선을 던졌다. 둘의 그림자가 길게 꼬리를
만들기 시작했다.

몸에 편한 검은 무복에 가죽신을 신었다. 요대는 자야가
직접 채웠고 어느새 그녀는 혈도를 들고 임초월의 앞에 내
밀었다.

"정말 제가 안 가도 되겠어요?"

그녀의 반짝이는 눈빛을 바라보며 임초월은 고개를 끄덕
였다.

"금방 올 테니 걱정 말고 기다리시오."

"알았어요."

자야는 임초월의 말에 미소를 보였다. 하지만 심장이 뛰
는 것은 어쩔 수 없었고 긴장되는 것도 사실이었다.

"조심하세요."

"물론이오."

임초월은 대답 후 자야의 이마에 가볍게 입을 맞추었다. 자야는 얼굴을 붉혔고 잠시 임초월의 가슴에 얼굴을 기댔다.

"당신은 천하제일인이에요."

자야의 말에 임초월은 그녀의 머리카락을 쓰다듬으며 마음을 진정시켜 주었다. 잠시 그렇게 시간을 보내던 임초월이었고 자야는 어느 정도 안정을 찾자 한 걸음 물러섰다.

"갔다 오겠소."

자야는 고개만 끄덕였고 임초월은 밖으로 나가 대기하던 마차에 올랐다. 강풍은 마부석에 올라 마차를 몰았고 임초월을 태운 마차는 천천히 자야의 시야에서 멀어져 갔다.

이른 아침 동이 터 오는 하늘에 눈을 뜬 신원은 자리에서 일어나 아직 잠든 냉소소의 얼굴을 바라보았다. 여전히 고운 얼굴이었고 한시라도 옆에서 떨어지면 마음이 허전한 그런 모습이었다. 잠시 그 모습을 바라보던 신원은 우물가에 서서 물을 퍼 올렸다.

찬물에 세수를 하자 정신이 맑아졌고 달포의 시간이 흘렀다는 것도 알았다. 발소리와 함께 어느새 눈을 뜬 냉소소가 뒤에 서서 수건을 건네주었다.

"불안해요."

"무엇 때문에?"

"오늘이 마지막이 아닐까? 이런 생각 때문에요."

"그럴 리가 있나. 후후."

"처음에는 아무렇지도 않았는데 막상 시간이 흐르니 불안감이 커지네요. 그냥…… 이대로 도망가면 안 될까요? 비무는 없었던 일로 하고 그냥 가요."

냉소소의 말에 신원은 그녀의 어깨를 다독이며 고개를 저었다.

"나를 믿어."

"상대는 마교주예요."

냉소소의 말에 신원도 알고 있다는 듯 미소를 보였다.

"알아."

담담히 대답하는 신원의 목소리에 냉소소는 할 수 없다는 듯 짧은 숨을 내쉬었다. 그때 발소리가 들렸고 신원과 냉소소의 표정이 굳어졌다.

막도희는 신원과 냉소소의 앞에 모습을 드러냈고 그녀는 불편한 얼굴로 둘의 시선을 받았다.

"오랜만이야."

막도희의 말에 냉소소는 살짝 인상을 찌푸렸다. 신성교에서 자신을 감시했던 막도희를 기억하고 있었기 때문이다.

"무슨 일이오?"

신원은 그녀가 자신을 감시하고 있다는 것을 알았기에 크게 놀라지 않았다.

"오늘 오후에 교주님께서 소당봉에 오른다 하니 알려 주려고."

"도착했소?"

"어제."

신원은 막도희의 대답에 고개를 끄덕였다. 막도희는 더 이상 할 말이 없다는 듯 몸을 돌려 밖으로 나갔다.

"오후라…… 생각보다 빨리 왔군."

신원은 잘 되었다는 듯 중얼거리며 안으로 들어갔다. 냉소소는 갑작스러운 이별 통보에 당황한 표정이었으나 뛰는 심장을 붙잡기 위해 노력했다.

불안한 눈빛을 알았을까? 신원은 냉소소의 어깨를 다독였다.

"가자."

그의 짧은 말에 마음이 안정되자 가슴을 쓸어내리며 고개를 끄덕였다.

소당봉에 올라선 임초월은 홀로 이른 아침의 차가운 공

기를 마시며 주변 경관을 눈에 담았다. 임초월의 눈에는 주변 경관보단 지난 과거의 삶이 머릿속을 스치고 있었다. 어릴 때 놀던 기억과 군에 있을 때의 기억들이 스쳤고 아버지의 죽음도 떠올렸다.

"아직 해결하지 못한 일들이 많구나."

임초월은 아버지의 일을 떠올리자 아직 무림맹에 대한 복수심이 사그라지지 않았다는 것을 알았다.

오랜 시간 동안 끝없이 흘러가는 바람처럼 하늘을 이불 삼아 잠을 자던 기억들이었다. 어딘가 정착할 수 없는 그런 부랑자 같은 삶이었다. 그런 생활이 이제는 안정을 찾았고 집이라는 곳이 생겼다.

돌아갈 곳이 있다는 사실이 행복하다는 것을 요즘 들어 느끼고 있었다. 그리고 그게 집이라는 것이 가슴 한쪽을 뜨겁게 달구고 있었다.

임초월은 멀리서 들리는 발소리에 입가에 미소를 그렸다. 그가 오고 있기 때문이다.

스슥!

가벼운 옷자락 소리가 흘러가는 바람 속으로 파고들어 왔다.

신원은 먼저 와서 기다리고 있는 임초월의 뒷모습을 바라보며 말했다.

"기다리게 했나?"

"아니네."

임초월은 신형을 돌렸다. 그의 눈빛이 차갑게 반짝였고 신원은 임초월의 기도가 거대한 산처럼 변한 것을 느꼈다. 그는 지금 확실히 한 시대의 패자로 보였다.

임초월은 신원의 모습에서 과거 자신의 목숨을 구해 주던 기억이 떠올랐다. 그때도 저렇게 당당한 눈빛을 하고 있었다. 그게 싫지 않았고 그래서 그를 머릿속에서 자주 떠올렸다.

"왜 내게 비무를 신청했나?"

임초월의 물음에 신원은 미소와 함께 되물었다.

"왜 내 비무를 허락한 건가?"

"대답해 주게."

임초월은 신원의 질문을 무시하듯 말했다. 그의 말에 당당함이 있었고 과거와 달리 자연스럽게 흘러나오는 강한 위압감이 있었다.

"신성교의 교주니까. 지금 강호의 모든 피는 신성교에서 시작하기 때문이네. 자네가 죽는다면 신성교도 그만두겠지."

"나 한 명 죽는다고 신성교가 사라지는 것은 아니네. 무엇보다 본 교와 무림의 원한은 나 한 명이 좌우할 수 있는 그릇이 아니야. 그건…… 자네가 더 잘 알겠지."

"그래도 당분간은 멈추겠지. 짧지만 당분간이라도 멈춘다면 그걸로 족하네."

"후후……."

임초월은 신원의 말에 가볍게 미소만 보였다. 그의 말이 어리석게 보였지만 틀린 말로 들리지는 않았다. 신원은 대의를 위해 자신에게 비무를 신청했고 자신이 아닌 무림과 신성교의 혈투을 막고자 온 것이다.

임초월은 다시 물었다.

"자네가 굳이 그 몇 년의 평화를 위해 목숨까지 걸어가며 내게 비무를 걸어야 했나? 그런 가치가 있는 일이라 생각하나? 왜 개인의 영달을 버리려 하지? 자네라면 충분히 맹주를 노릴 수 있을 것이네. 더군다나 자네 가족이 직접적으로 우리와 원한이 있는 것도 아니지 않은가?"

"내가 어릴 때 살던 무림은 상당히 평화로웠지. 아무런 걱정도 없었고 신성교의 공격을 떠올리지도 않았네. 하지만 지금은 그때와 달리 신성교와의 싸움을 두려워하고 있네. 사람들은 언제 싸워야 할지 모른다고 생각하지."

"그게 무림이 아니던가? 그리고 그게 우리가 살고 있는 곳이네. 투쟁이 없는 세상은 그 어디에도 없어. 어린아이가 어머니의 뱃속에서 태어나 울음을 터트리는 순간부터 투

쟁은 시작되고 결국 죽어야 끝이 나네. 그게 강호가 아니던
가?"

"그렇게 생각하면 너무 불쌍하지 않은가? 멈출 수 있다
면 멈춰야지."

"강호는 멈추지 않아."

임초월의 말에 신원은 그의 말도 틀린 게 아니기 때문에
고개를 끄덕였고 다시 말했다.

"내 힘으로는 자네의 강호는 멈출 수 없겠지만 내 강호는
멈출 것이네. 내 힘이 부족해 그 기간이 비록 몇 년뿐이라
해도 그 기간 동안 강호가 평화롭다면 난 그 길을 걸을 것이
네."

"자네의 강호와 나의 강호는 다른 모양이군."

신원은 임초월의 말에 입가에 미소를 걸었다.

"애초에 우린 바라보는 하늘이 다르네."

신원의 입술에서 흘러나온 말은 함께 서 있지 못하는 관
계를 뜻하는 것 같았다. 임초월은 도의 손잡이를 잡았고 그
모습에 신원도 검의 손잡이를 잡았다.

스릉!

스릉!

두 개의 금속음과 함께 도집에서 뽑힌 혈도와 검집에서
모습을 드러낸 금검이 햇살에 반짝이기 시작했다.

"시작되면 둘 중 한 명이 죽을 때까지 멈추지 않을 것이네."

신원의 말에 임초월은 슬쩍 살기를 보였다.

"알아. 후회는 없나?"

임초월의 물음에 신원은 고민스러운 표정을 그리다 말했다.

"후회가 있다면 부모님께 인사를 제대로 하지 못한 것. 그것 한 가지? 자네는?"

신원의 눈동자에 살기가 보이자 임초월이 대답했다.

"내 인생은 모든 게 후회였어. 흰쌀밥을 먹을 때부터 타인을 대신해 군에 들어갔을 때도…… 사람을 죽일 때도, 누군가를 배신할 때도……. 또 누군가를 잃었을 때도 후회뿐이었지. 오늘은 내가 어떨 것 같은가?"

"후회를 하겠군."

"후회하지."

임초월은 고개를 끄덕이며 대답했다. 그는 곧 다시 말했다.

"내가 왜 자네의 비무를 허락한지 아나?"

"무엇인가?"

"자네와의 인연을 끊기 위해서지."

"우린 악연인가?"

신원의 물음에 임초월은 고개를 끄덕였다.

"내게 남은 마지막 좋지 못한 기억이지. 그것을 끊게 된다면 내 과거의 모든 좋지 못한 기억들이 사라지고 그게 추억으로 남을 것 같네."

"추억이라…… 그런가. 나는 자네에게 그런 사람이었군."

임초월은 미소와 살기를 동시에 보이며 다시 말했다.

"내 추억이 되게나."

"미안하지만 그렇게는 힘들겠어. 추억이 되기엔 내가 너무 젊어."

신원의 대답에 임초월은 한발 앞으로 나섰고 혈도를 가볍게 휘둘렀다.

휭!

가벼운 바람 소리와 함께 붉은 도기가 날카로운 화살처럼 날아들었고 신원의 신형이 흔들리듯 좌측으로 반 보 이동해 피했다.

휭!

다시 한 번 임초월은 도를 휘둘렀고 붉은 도기는 날카롭게 허리를 양단하듯 날아들었다. 불과 삼장의 거리였고 아주 짧은 순간 복부에 닿을 듯했다. 신원의 신형은 일보 우측으로 이동했다.

임초월의 도기를 가볍게 피한 신원은 검을 들었다. 그의 검이 햇살에 반짝였고 십여 개의 금사가 마치 그물처럼 임초월을 향해 뻗어 나갔다. 동시에 신원의 신형도 흔들렸다. 마치 흐린 환영을 보는 듯했다.

임초월은 미소를 보이며 재빨리 앞으로 치고 나갔다. 그의 혈도가 좌우로 열십자를 그렸고 그물처럼 날아드는 금색 실을 쳐 냈다.

파파파팟!

도기와 검기가 부딪치자 날카로운 바람 소리가 소동봉의 하늘로 퍼졌다. 그 사이로 둘의 신형이 가볍게 마주쳤다.

따당!

금속음이 울렸고 둘은 뒤로 일 보씩 물러섰다. 임초월의 혈도가 신원의 허리를 갈랐고 신원의 금검이 임초월의 목을 베었다.

"흠!"

"훗!"

파파팟!

십여 개의 그림자가 소동봉에 원형으로 그려지더니 어느새 둘은 오 장여나 물러섰다. 신원은 날카로운 살기를 보였고 내력을 운용했다.

임초월은 내력을 끌어 올리며 도를 늘어뜨렸다. 결코 가볍게 상대할 인물이 아니라는 것은 이미 알고 있었고 지금의 초식으로도 충분히 느낄 수가 있었다.

임초월은 번개처럼 앞으로 뻗어 나가며 혈도를 앞으로 밀었다.

팟!

강렬한 혈광이 피어남과 동시에 임초월의 모습이 사라지자 신원의 신형도 흔적 없이 유령처럼 흩어졌다. 바람 소리와 함께 혈광은 어느새 신원의 그림자를 지나쳤다. 도를 손에 쥔 임초월은 도에 아무런 느낌이 없자 인상을 찌푸리며 신형을 돌렸다. 그의 눈에 어느새 떨어져 내리는 수십 개의 금빛 화살들이 보였다.

파파팟!

그의 그림자가 흙먼지와 함께 작은 원을 그리며 십여 개로 늘어났고 붉은 도기가 사방을 가득 메웠다.

어느새 일 장까지 접근한 신원의 검이 금광과 함께 찔러오자 임초월은 재빨리 도기를 뿌리며 낮은 자세로 그의 허리를 베어 갔다.

휙!

날카로운 소리와 함께 임초월의 신형이 갑자기 주저앉으며 허리를 베어오자 신원은 뛰어올라 임초월의 머리를 넘으며 그의 백회혈을 향해 검을 찔렀다. 그 순간 임초월은 도를 위로 쳐올렸다.

쉬아악!

강렬한 핏빛 도기가 선명하게 신원의 몸을 자르며 솟구쳐 올랐다. 하지만 임초월은 도를 내리며 어느새 반대편에 서 있는 신원을 향해 빠르게 접근해 사선으로 그의 목을 잘라 갔다.

신원은 재빨리 금광파를 펼쳤다. 그러자 강렬한 금광이 번뜩였고 임초월의 전신으로 십여 개의 검기가 날아들었다. 임초월은 이미 예상한 듯 재빨리 발을 바꾸며 수십 개의 도 기를 사선으로 만들었다. 그의 신형도 아홉 개로 늘어났으 며 한 사람이 세 개의 도기를 교차하듯 뿌렸다.

신원은 부채꼴의 형태로 늘어선 임초월과 그의 혈도가 만들어 낸 수십 개의 도기에 뒤로 반장이나 물러났다. 하지 만 곧 빠르게 검을 앞으로 찔렀다. 그러자 강렬한 회오리와 함께 금광이 번뜩였다.

쾅!

폭음성과 함께 소당봉의 하늘 위로 금광과 혈광이 번뜩 였다.

* * *

종남산에 오른 냉소소는 천지의 푸른 물을 바라보며 잠시 소당봉 쪽으로 고개를 돌렸다. 그녀의 눈에는 그곳에서 일어나는 일들이 보이는 것만 같았다. 임초월과 신원의 생사대결을 상상하며 몇 번이고 신원의 죽음을 떠올렸다.

임초월의 손에 죽어 가는 신원의 모습을 떠올릴 때마다 고개를 저었고 상상을 부정했다. 그런 냉소소의 귀로 많은 사람들의 인기척이 느껴졌다.

스스슥!

천지를 사이에 두고 수풀 사이로 모습을 드러낸 신성교의 무사들과 어느새 오 장의 거리에 모습을 보인 막도희도 있었다. 그녀는 몇 걸음 더 물 쪽으로 이동하며 소당봉을 향해 고개를 들었다.

"불안하지?"

막도희가 시선을 돌려 묻자 냉소소는 굳은 표정을 보였다. 강한 살기를 느꼈기 때문이다.

"교주님이 승리하겠지만 그 이후 너희 둘은 죽을 거다."

"결국 그게 목적이었어?"

막도희는 부정을 못 하겠다는 듯 미소만 보였다. 냉소소는 다시 말했다.

"살아 있는 사람은 신 가가야."

냉소소의 말에 막도희는 비웃기라도 한 듯 말했다.

"설혹 그가 이긴다 해도 너희 둘이 죽는 건 변함없어."

막도희의 시선에 냉소소는 그녀의 눈을 똑바로 쳐다보며 투기를 보였다. 냉소소의 살기 또한 만만치 않았고 그녀의 무공도 쉽게 볼 수 있는 수준은 아니었다. 그것을 모르는 막도희가 아니었지만 냉소소의 투기는 그저 반항하는 어린이로 보일 뿐이었다.

"무덤은 요 옆에다가 마련해 줄게."

"쓸데없는 걱정 같아."

냉소소의 대답에 막도희는 팔짱을 끼며 비웃음을 흘렸다. 냉소소의 눈빛이 흔들렸기 때문이다. 그녀도 갑작스러운 포위망에 심적으로 크게 위축되고 있었다. 신성교도들의 등장은 예상한 일이었지만 막상 그들이 보이자 심리적으로 부담되는 것은 어쩔 수 없었다.

쾅! 쾅!

강렬한 폭음성이 저 멀리서 메아리처럼 들려오자 냉소소는 깜짝 놀란 표정으로 눈을 크게 떴고 막도희도 굳은 표정을 보였다.

하늘로 솟구치는 금광과 혈광이 눈에 보였다. 결전의 시작을 알리는 폭음이었고 절로 손에 땀이 흘렀다.

"교주님은 천하무적이시다."

막도희의 낮은 목소리가 울리자 냉소소는 마른침을 삼켰

다.

콰! 콰!

강렬한 폭음과 함께 오 장여나 솟구친 임초월의 혈도가 강렬한 빛과 함께 거대한 도강을 번뜩였다. 그러자 기다렸다는 듯이 금색으로 물든 신원의 신형이 솟구쳤다. 그의 금광이 마치 화살처럼 거대하게 임초월을 향했다.

몸을 뒤집은 임초월은 재빨리 십여 개의 도기를 뿌리며 마주쳐 갔다.

콰!

거대한 핏빛 도강을 쳐 낸 신원은 덮쳐 오는 수십 개의 도기를 쳐 내며 임초월과 부딪쳤다.

따다당!

강렬한 금속음과 함께 둘의 신형이 충격을 이기지 못하고 소당봉을 벗어나 밑으로 떨어져 내렸다. 하지만 둘은 추락하고 있다는 사실을 모르는 지 서로를 향해 도기와 검기를 뿌리고 있었다.

파파팟!

허공중에 혈광과 금광이 교차하듯 부딪치며 사라졌고 어느새 둘의 신형이 나무의 꼭대기를 밟고 서 있었다.

오 장의 거리에 서 있는 둘의 주변에 나무의 바다가 펼쳐져 있었다. 나무의 꼭대기 끝에 서 있던 두 사람은 어금니를 깨물고 있었다.

주륵!

신원의 볼을 타고 붉은 피가 흘러내렸다. 그의 이마에 살짝 혈선이 보였고 따끔한 고통이 피부를 자극하고 있었다. 임초월의 도강에 살짝 스쳤을 뿐인데 피부가 잘린 것이다.

임초월 역시 왼 팔뚝의 소매가 잘려 나가 있었고 살짝 혈선이 드러나 있었다. 그 역시 신원의 검강에 살짝 스쳤을 뿐인데 살이 베인 것이다.

"생각을 해 보니 내가 왜 네 비무를 허락했는지 알겠어."

"궁금하군?"

"너는 재수가 없었어."

팟!

말과 함께 임초월의 신형이 대붕처럼 솟구치더니 일도양단의 기세로 혈도를 추켜올렸다.

슈아아악!

임초월의 주변으로 강한 바람과 함께 강렬한 혈광이 피어나기 시작했고 그 기세에 선수를 빼앗긴 신원의 표정이 굳어졌다.

"네놈도 마찬가지였어!"

신원은 소리치며 강렬한 금광과 함께 금강추를 시전해 머리 위를 막았다. 하지만 그의 무게를 이기지 못한 나무가 뒤로 휘어졌고 그 사이로 임초월이 떨어졌다.

쾅!

강렬한 폭음과 함께 신원의 신형이 뒤로 밀려 나갔다.

콰콰콰콰!

십여 그루의 나무들을 부러뜨리며 뒤로 밀려 나간 신원은 등이 저려오자 인상을 찌푸렸다. 호신강기가 아니었다면 갈비뼈가 모조리 부러졌을 것이다.

십여 장이나 밀려 나간 신원을 바라보며 땅에 내려선 임초월은 그가 지나간 자리가 초토화되다시피 나무들이 쓰러져 있자 미소를 그렸다. 그만큼 강한 충격을 준 일격이 분명했고 그 증거들이 눈에 보였다.

피핏!

날카로운 소성과 함께 두 개의 금광이 눈앞에 나타나자 임초월은 도를 들어 쳐 냈다.

따당!

"잔재주는 소용없어."

임초월은 이미 신원의 금천지에 대해 알고 있었기 때문에 그의 지공에 대한 대비를 하고 있는 상태였다. 물론 지공에 격중되어도 이 거리에선 절대 호신강기를 뚫지 못했다. 그것을 알지만 맞아줄 이유는 없었다.

"귀찮은 새끼."

신원의 목소리가 들렸고 그 순간 흐릿한 그의 잔상이 일장 앞에 나타나자 임초월의 눈이 커졌다. 급작스러운 이동이었고 환상을 보는 듯했다.

"……!"

임초월의 눈이 커지는 동시에 일검이 목을 향해 찔러왔다. 신원은 짧은 순간 내력을 최대한 끌어 모아 금광사(金光絲)를 펼친 것이다. 금천보를 극상으로 끌어 올린 한 수였기에 임초월은 놀라워했다.

퍽!

임초월의 목이 달아나는 것 같더니 어느새 그의 신형이 좌측 나무 옆에 나타났다. 그때 임초월의 잔상이 흐릿하게 사라졌으며 신원의 모습이 다시 보였다. 신원은 임초월을 지나치다 검에 걸리는 느낌이 없자 인상을 찌푸린 채 고개를 돌렸다. 그의 눈에 임초월이 보였고 그 순간 임초월의 신형이 어느새 우측에 나타나 목을 베어왔다.

슈악!

날카로운 바람 소리에 재빨리 신형을 돌려 검을 들어 막았다.

땅!

"큭!"

"음!"

둘은 신음과 함께 뒤로 이 장여나 물러섰다. 검과 도가 부딪치는 순간 서로의 호신강기와 내력에 충격을 먹고 물러선 것이다. 실제 둘은 그다음에 서로를 다시 공격할 생각이었지만 아주 짧은 부딪침으로 그 흐름이 둘 다 끊긴 상태였다.

찰나의 순간 내력이 끊긴 것을 둘은 동시에 경험했고 그게 서로의 실력이란 것도 깨달았다. 그때 둘은 다시 한 번 서로를 향해 달려들었다.

파파팟!

둘의 환영과 함께 검 그림자와 도 그림자가 빠르게 주변을 가득 채우기 시작했다.

퍽! 퍽!

금검이 나무의 몸통을 관통해 잘랐고 그 뒤로 혈도가 커다란 나무의 허리를 매끄럽게 베었다.

쿵! 쿵!

커다란 두 개의 나무가 쓰러졌고 신원의 금천지가 허공을 가르자 임초월은 재빨리 몸을 움직여 피했다. 그리고 신원의 앞으로 접근한 채 내력이 제대로 돌아오자 도를 뻗었다. 그의 손목이 흔들렸고 사방으로 도기를 뿌리다 어느 순간 거대한 고리들이 십여 개나 신원을 향해 날아들었다.

십여 개의 도환은 그 크기가 뒤로 갈수록 커져갔다. 천무도법의 해월단(海月團)을 펼친 것이다.

도환에 부딪친 풀과 나무들이 그대로 잘려 나가자 신원은 내력을 끌어모아 금천풍을 펼쳤다.

슈아아악!

강력한 바람과 함께 금광이 번뜩였고 백여 개가 넘는 금빛 검기가 마치 파도가 몰아치듯 앞으로 뻗어 나갔다.

콰콰쾅!

사방으로 폭풍 같은 바람이 휘몰아쳤고 그 사이로 반쯤 얼굴을 가린 신원과 임초월이 서로를 향해 달려들었다. 아직 한 호흡이 끝날 시간도 아니었고 시야가 흐려졌다고 멈출 상대도 아니었기 때문이다.

내력을 다한 싸움과 초식만을 위한 순수한 승부도 적절히 섞어 가며 체력을 유지하고, 승기를 잡기 위해 노력하는 두 사람이었다.

따당!

검과 도가 부딪쳐 불꽃이 튀었다. 강한 반탄력이 있었지만 신원은 재빨리 손목을 꺾으며 방향을 틀어 옆구리에서 명치로 검을 찔러 갔다. 임초월 역시 손목을 꺾어 검을 쳐냈다. 그 직후 빠르게 목을 베어 갔다.

휙! 휙!

임초월의 도날이 움직이는 속도가 번개처럼 매우 빨랐다. 신원은 목을 베어 오는 임초월의 도를 눈으로 쫓으며 뒤로 한 발 물러선 직후 도날이 스치자 재빨리 앞으로 한 발 나서며 십검을 찔렀다.

파파팟!

검광이 반짝였고 빠르게 날아드는 검기와 금검의 모습에 임초월은 기다렸다는 듯이 빠르게 회전하며 다시 한 번 아홉 개의 환영을 만들며 수십 개의 도기를 함께 그렸다. 절초인 구궁무정살(九宮無情殺)을 펼친 것이다.

"헉!"

신원은 설마하니 이렇게 빠르게 도기가 난무하는 초식을 펼칠 줄 몰랐기에 급하게 내력을 끌어 올려 뒤로 삼 장이나 날아 물러섰다.

땅에 내려서는 순간 여전히 수십 개의 도기가 코앞까지 다가오자 금천풍을 펼치며 막았다. 수십 개의 도기를 또다시 막아가는 신원의 모습에 임초월은 빠르게 다가와 신원의 허리를 베어 갔다.

슈악!

도날이 허공을 가르며 날아드는 소리가 매우 날카로웠고 도기의 범위가 일 장이나 늘어나자 신원은 피하기보다 오히려 앞으로 반 장이나 접근하며 임초월의 손목을 노리고 검을 찔렀다. 그 순간 임초월의 신형이 흐릿하게 변하더니 혈광만이 번뜩였다.

"……!"

그 순간 임초월의 그림자가 신원의 허리 밑으로 뱀처럼 빠르게 지나쳤다.

퍽!

"큭!"

파공성과 함께 오 장여나 떨어진 폐허 위에 모습을 보인 신원은 허리를 부여잡으며 고통스러운 표정을 보였다.

"뭐가 이렇게 빨라."

신원은 팔 장이나 떨어진 곳에 모습을 보인 임초월을 향해 살기를 뿌렸다. 임초월은 당연하다는 듯 신원을 향해 시선을 던졌다. 일도무정(一刀無情)의 초식을 펼치고도 아직 죽지 않은 신원의 모습에 사실 놀라고 있었지만 그의 실력이 자신과 종이 한 장의 차이라는 것을 알게 해 주는 공방이기도 했다.

옆구리에서 흘러나오는 피가 옷을 적셨지만 그리 큰 상처는 아니었다. 단지 움직일 때 피부를 파고드는 고통이 신경 쓰이는 정도였다.

신원은 문득 죽음을 떠올렸다. 하지만 임초월을 상대로 이 정도의 상처는 어쩌면 당연한 일이었다. 천하의 신성교

주를 상대로 이 정도로 그와 싸우는 것도 대단하다고 할 수
있었다.

'대단한 놈……'

신원은 자신의 눈으로도 쫓기 힘들었던 임초월의 초식을
떠올리며 고개를 저었다. 일 장의 거리까지 접근할 때 모든
내력은 경공에 집중했을 것이다. 그리고 자신과의 거리가
좁혀지자 도강을 펼쳤다. 도강의 범위는 일 장을 넘었고 신
원이 급하게 피했다 하지만 허리를 베일 수밖에 없었다.

신원은 어금니를 깨물며 지금까지와 달리 차가운 살기를
드러내기 시작했다. 투기가 커졌고 눈빛이 가라앉았다. 허
리를 잡던 손을 내리자 도강에 베인 흔적과 피에 젖은 옆구
리가 보였다.

피 묻은 손을 들어 바라보던 신원은 문득 그 손 사이로
죽은 소영영의 얼굴이 떠올랐다. 자신의 죽음을 막아 주던
그 모습이 불현듯 머리를 스치자 심장이 차갑게 가라앉은
기분을 느꼈다.

자신을 따르고 자신을 좋아했던 그녀가 슬픈 얼굴로 죽
어 가던 모습이 겹쳐지자 눈빛이 달라졌다.

"불쌍한 녀석……"

"누가 불쌍하지?"

임초월은 자신에게 한 말이라 생각한 듯 살기를 보였다.

그 순간 신원의 눈이 반짝였고 세 개의 금광이 번개처럼 임초월을 향해 쏘아졌다. 금천지였다.

임초월은 금천지가 날아오자 피할 생각도 없이 앞으로 뻗어 나가며 왼손을 들었다. 그런 그의 왼손이 순식간에 검은색을 띄었고 금천지는 그 손에 닿자 소리 없이 사라졌다.

"무슨 잡공이냐?"

신원이 앞으로 나서며 검기를 뿌렸고 임초월의 혈도가 순식간에 거대하게 커지더니 마치 암벽처럼 밀고 들어왔다. 임초월은 이 기세로 신원을 죽이기 위해 해일강(海日剛)의 절초를 펼쳤다.

"네놈을 죽일 무공이다."

슈아악!

거대한 혈도가 파도처럼 밀려들자 신원의 표정이 굳어졌다. 지금까지 보이지 않았던 초식을 펼쳤기 때문이다.

파도처럼 밀고 오는 도강의 모습은 사방을 쓸어버리는 것 같았고 피할 길이 없어 보였다. 그 모습에 신원은 내력을 끌어 올려 금광추를 펼쳤다.

쾌쾅!

폭음성이 울렸고 다시 한 번 사방으로 폭풍이 휘몰아쳤다. 그 순간 강렬한 금광이 번뜩였고 신원의 그림자가 급작스럽게 백여 개로 늘어나는 듯하더니 순식간에 폭풍 속으로 파고들어 갔다.

임초월의 눈이 커진 것은 폭풍 같은 바람이 휘몰아치는 순간 신원의 내력이 마치 폭발하듯 커지더니 순식간에 사라졌기 때문이었다. 임초월은 재빨리 뒤로 물러섰고 그 순간 백여 개로 늘어난 신원의 그림자가 자신을 향해 금빛 검광과 함께 밀려왔다.

임초월의 그림자가 삽시간에 수십여 개로 늘어났다.

퍼퍼퍽!

"컥!"

임초월은 자신의 그림자 사이로 검이 파고들자 수십 개의 원을 그렸고 수십 개의 회오리가 허공으로 솟구쳤다. 그 순간 신원의 모습이 어느새 하나로 합쳐지더니 거친 숨을 몰아쉬기 시작했다.

"헉! 헉!"

신원의 이마에서 땀이 흘러내렸다. 전신이 마치 굳은 것처럼 뻣뻣함을 느껴야 했다. 금천무의 절초를 펼친 후 나타나는 현상이었다.

"쿨럭! 쿨럭!"

기침과 함께 피를 토한 신원은 고개를 들어 십여 장의 거리에 서 있는 임초월을 쳐다보았다.

임초월은 어이없다는 듯 피에 젖은 눈으로 신원을 쳐다

보았다.

"이건 뭐였지?"

"내 마음."

"하하하하!"

신원의 대답에 임초월은 어이없다는 듯 크게 웃었다. 그의 전신에는 십여 개의 구멍이 뚫려 있었고 그 사이로 피가 흘러내리고 있었다.

"큭!"

임초월은 비틀거리다 이마에 생긴 검상에서 흘러내린 피가 왼눈을 적시자 손등으로 훔쳤다. 그런 그의 전신으로 강한 투기와 함께 강렬한 살기가 피어났기 시작했다.

"씹어 먹을 새끼."

"죽음이 보이니 거칠어지는군."

"내 외상보다 네놈의 내상이나 걱정해라."

임초월은 혈도를 굳게 움켜지고 거칠게 숨을 몰아쉬더니 이내 내력을 끌어 올렸다. 그러자 그의 주변으로 강한 바람이 불며 머리카락이 춤을 추기 시작했다.

슥!

임초월은 넓게 왼발을 앞으로 뻗으며 도를 들어 신원을 향해 뻗었다.

"이게 마지막이다."

"빌어먹을 새끼……."

신원은 금천무의 절초를 받아 내고도 공격하려는 피에 젖은 임초월의 모습에 혀를 차며 내력을 모았다.

임초월은 어금니를 깨물더니 번개처럼 앞으로 뻗어 나갔고 그 순간 붉은 도강이 마치 화살처럼 앞으로 날아들었다. 신원은 재빨리 몸을 피해 우측으로 십여 장이나 움직였다. 그 사이 십여 개의 도환이 날아들었다. 아직까지 임초월은 다친 사람으로 보이지 않았고 오히려 더욱 난폭해진 것 같았다.

신원은 금천보를 극성으로 펼치며 도환을 피해 몸을 움직였다.

파팟!

그의 그림자가 빠르게 도환 사이로 몸을 움직였고 그 사이 임초월의 살기가 삼 장여의 위에 있다는 것을 알았다. 신원은 마지막 도환을 피하며 고개를 들었고 그 순간 그의 눈에 백여 개의 붉은 별들이 마치 소나기처럼 쏟아지는 것이 보였다.

피할 곳도 없었고 하나하나가 도강의 조각들이었다. 스치기만 해도 몸은 잘릴 것이고 이대로는 막는 것밖에 방법이 없어 보였다. 하지만 떨어지는 소나기 사이로 보이는 임초월의 모습에 신원은 어금니를 깨물고 깊은 숨을 마셨다.

"금천세."

강렬한 금광이 땅에서 허공으로 솟구쳐 올랐다.

쾌쾅! 쾅!

유성무를 펼친 임초월은 신원이 피할 수 없다는 것을 알았다. 그때 그의 눈에 거짓말처럼 거대한 금광이 번뜩이는 것이 보였다. 유성무는 금광에 먹혀들었고 임초월의 신형이 밑으로 떨어지는 찰나, 번개 같은 금빛이 그의 눈에 들어왔다. 금천지였다.

임초월은 도면으로 금천지를 막았다.

땅!

"큭!"

유성무를 펼친 상태였기에 내력이 말라 있던 그에게 금천지의 위력도 지금은 상당한 충격을 주고 있었다. 거기다 금천무에 입은 상처도 깊었기 때문에 잠시 중심을 잃고 다리가 흔들렸다.

털썩!

임초월의 한쪽 무릎이 바닥에 닿았다. 혈도를 지팡이 삼아 몸을 기댄 그였다.

슥!

신원의 검이 어느새 그의 이마를 향하고 있었다. 임초월은 자신을 향한 검날 너머로 보이는 신원의 눈을 쳐다보았다.

"쿨럭! 쿨럭!"

신원이 기침과 함께 피를 토했고 임초월의 입술 사이로도 핏방울이 흘러내렸다.

"죽여."

임초월의 낮은 목소리에 신원은 어금니를 다시 깨물었다.

임초월의 눈에 자야의 모습이 스쳤다. 그녀의 고운 얼굴이 떠오르자 문득 후회가 없다는 생각이 들었다.

"후회하나?"

신원의 물음에 임초월은 미소를 보였다.

"그럴 리가 있겠나?"

그의 대답에 신원은 고민도 없이 검을 거두었다. 임초월은 생사의 대결에서 이긴 신원이 검을 거두자 매우 놀란 표정을 보였다.

"왜 그러지?"

"생각을 해 보니까 목숨을 거두기보다 수련을 하는 게 어때? 나를 이길 때까지 수련하고 또 해서 찾아와. 그리고 나를 이긴 뒤에 무림에 진출하든 말든 알아서 하는 게 어때?"

"승자의 요구인가?"

"신성교주의 목숨 값이지."

신원의 말에 임초월은 어이없다는 듯 미소를 보였다.

"나를 지금 죽이지 않으면 분명 자네는 후회할 거네."

신원은 인상을 찌푸리며 소매를 찢어 옆구리를 감쌌다.

"다음에도 후회는 내가 아닌 네가 할 거다."

"후후……."

임초월은 어이없다는 듯 웃었다.

"한 이십 년 정도 그냥 쉬어."

"싫다면?"

신원은 임초월의 대답에 별 관심이 없다는 듯 빠르게 말했다.

"마음대로 해라. 어차피 우린 살아갈 날이 더 많은 사람들이 아니냐? 언제라도 이길 자신이 생긴다면 도전해라. 기다릴 테니까."

"하하하하!"

임초월은 신원의 말에 어이없다는 듯 크게 웃었다. 그의 눈가에 눈물방울이 맺혔고 자야의 얼굴이 다시 한 번 눈앞에 그려졌다. 그때 신원의 눈에 빠르게 달려오는 중년인이 보였다.

"교주님!"

휘리릭!

큰 목소리가 울렸고 유만세가 임초월의 옆에 모습을 보였다. 그는 굳은 표정으로 바닥에 부복한 임초월을 바라보다 신원에게 살기를 보였다.

유만세는 검을 꺼내 손에 쥐며 말했다.

"신 원주를 그냥 보낼 수는 없네."

"예상했던 일이오."

신원은 유만세가 나타났다는 것에 이미 그가 자신을 돌려보낼 생각이 없다는 것을 직감했다.

"무슨 짓이오? 정당한 비무였고 내가 부족해 패했소이다. 그만 물러서시오."

"지금 기회를 놓치면 영영 신 원주를 죽이지 못할 수도 있소이다."

"교주의 명이오."

유만세의 말에 임초월이 굳은 표정으로 말했다. 그는 자신의 자존심을 구기지 말라는 것이었고 유만세는 그와는 생각이 달라 보였다. 순간 거짓말처럼 유만세의 검이 임초월의 목을 뚫고 들어갔다.

푹!

"헉!"

신원이 놀라 눈을 부릅떴고 임초월의 눈도 커졌다. 유만세는 검을 뽑고는 온몸을 떨고 있는 임초월의 어깨를 밀었다.

털썩!

임초월의 신형이 바닥에 쓰러지자 유만세는 피에 젖은 검을 들어 보이며 어이없다는 듯 중얼거렸다.

"교주라는 사람이 이렇게 마음이 유약해서야. 쯧! 쯧!"

유만세는 혀를 찬 뒤 시선을 신원에게 돌렸다.

"이제 자네만 남았군."

"무슨 짓이지?"

신원은 더없이 차가운 표정으로 험악하게 인상을 쓰기 시작했다. 그의 거대한 살기가 사방으로 퍼져 나갔지만 유만세는 신원의 내상이 깊다는 것을 이미 알고 있는지 크게 신경 쓰는 것 같지 않았다.

유만세는 담담한 표정으로 입을 열었다.

"교에 들어와 충성을 다한 지 삼십 년이네. 내 목숨을 걸었고 내 청춘을 보냈어……. 모든 것을 쏟아부었는데 어디서 굴러 온 돌이 교주가 되었지……. 처음에는 승복하고, 그래 나는 교주를 원한 게 아니라 본 교의 발전을 원한 거라고 위로했지만 자네에게 패한 것을 보니 생각을 바꿨네. 본 교의 교주는 천하무적……. 절대 패해서는 안 되었어……. 그게 교주고, 교주의 상징이네. 차라리 자네와 양패구상을 하는 게 더 좋지 않겠나?"

슥!

유만세가 한 발 앞으로 나서는 순간 신원의 얼굴이 유만

세의 앞에 나타났다. 유만세의 눈이 커졌고 어느새 금빛 검
날은 명치를 지나 등으로 튀어나와 있었다. 그제야 그의 눈
에 금색 실들이 너풀거리며 춤추는 게 보였다.

유만세의 신형이 흔들리기 시작했고 두 눈이 부릅떴다.

"언제…… 어떻게……."

"네놈이 말을 하는 순간 이미 나는 앞에 있었어."

"내상을…… 분명…… 내상이 컸을 터인데……."

"본신의 실력에서 삼 할을 숨기는 게 강호의 미덕이 아니
던가?"

신원의 목소리에 유만세가 어이없다는 듯 그의 어깨를 잡
았다. 신원은 뒤로 물러나 검을 뽑아 들었다.

"결국 내 끝도…… 다를 게 없군."

유만세는 허탈하게 미소를 보이더니 바닥에 주저앉았다.

"우엑!"

신원은 피를 토한 뒤 비틀거리다 잠시 주저앉았다.

"허억! 허억!"

거칠게 호흡을 토했고 겨우 가슴을 진정시키며 자리에서
일어섰다. 아직 끝이 난 게 아니었기 때문이다. 그의 머릿속
에 냉소소의 모습이 스쳤다. 그녀 때문에 삼 할의 힘을 남겨
둔 것이었고 그 힘으로 이곳을 벗어나야 했다.

슥!

신원은 손에 임초월의 혈도를 쥐더니 재빨리 자리를 벗어
났다.

폭풍이 몰아치고 천지가 진동하던 폭음성이 사라지자 냉
소소는 잠시 어깨를 떨었다. 본능적으로 끝이 난 것 같다는
생각이 든 것이다. 그것은 막도희도 마찬가지였다. 그녀는
고개를 돌려 수하들에게 시선을 던졌고 백여 명의 무사들이
수풀에서 나와 살기를 보이며 늘어섰다.

"끝일까?"

"모르지."

막도희의 물음에 냉소소는 고개를 저었다. 그녀도 무엇이
어떻게 되었는지 모르기 때문이다.

"뭐 상관없겠지. 일단 네년의 목을 자르고 난 뒤에 결과
를 알아도 상관은 없으니까."

스릉!

막도희가 쌍검을 손에 쥐었다. 냉소소는 검의 손잡이를
잡으며 말했다.

"너무 억울한데."

"뭐가?"

"결과도 모르고 죽어야 하니까."

냉소소의 말에 막도희는 미소를 보였다.

"억울하라고 한 말이야. 쳐라."

파팟!

막도희의 말이 끝나는 순간 두 명의 무사가 기다렸다는 듯이 먼저 땅을 박차고 나섰다. 그들이 나타나자 냉소소는 처음부터 검기를 길게 뽑으며 두 명의 무사들 사이로 지나쳤다.

퍼퍽!

두 개의 검광과 함께 피가 튀었고 두 무사가 바닥에 쓰러졌다. 경쾌하고 빠른 움직임이었다. 두 개의 검기가 바람처럼 사라졌다.

"만만치 않아."

막도희는 진을 형성하지도 않고 나선 수하의 죽음에 미간을 찌푸리며 중얼거렸다. 그때 허공에서 금광이 번뜩이며 날아오고 있었다.

"멈춰라!"

거대한 목소리가 천지에 울렸고 냉소소의 앞에 내려선 신원은 금빛으로 물든 머리카락을 휘날리며 막도희와 신성교의 무사들을 둘러보았다.

그들은 모두 놀란 표정으로 굳어 있었고 막도희는 신원이 나타났다는 것에 전신이 굳은 듯 보였다.

곧 신원은 손에 든 혈도를 막도희에게 던졌다.

슈악!

"헉!"

막도희가 놀라 쌍검을 들어 올려 막았다.

땅!

"큭!"

절로 두 걸음 물러섰고 혈도는 허공으로 튕겨 올라 땅으로 떨어졌다. 그 순간 신원은 놀란 토끼처럼 눈을 크게 뜨고 있는 냉소소의 손을 붙잡고 하늘을 날았다.

파팟!

금빛 광채에 휘감긴 두 사람의 그림자가 빠르게 종남산을 내려갔지만 막도희는 정신을 차릴 수가 없었다. 그녀의 눈은 혈도에 박혀 있는 상태였고 지금의 상황을 이해하는데 시간이 걸리는 듯 보였다.

"말도 안 돼."

막도희는 자신도 모르게 중얼거리며 바닥에 주저앉았다.

종남산을 벗어나 한적한 길에 내려서자 신원은 다리에 힘이 풀린 듯 땅에 주저앉았다. 그제야 신원의 상태를 확인한 냉소소가 옆에 앉아 신원을 자신의 품에 안았다.

"어떻게 된 거예요?"

"이겼는데 좀 복잡해."

"왜요?"

냉소소의 물음에 신원은 눈을 반짝였다.

"궁금해?"

"네."

"그럼 뽀뽀."

신원의 말에 냉소소는 어이없다는 듯 그를 쳐다보다 곧 이마에 입을 맞추었다. 그러자 신원은 고개를 저었다. 냉소소는 살짝 붉어진 얼굴로 그의 입술에 입을 맞추더니 갑자기 눈물을 흘리기 시작했다.

"왜 그래?"

"모르겠어요."

냉소소가 고개를 저었고 신원은 그녀의 무릎을 베개 삼아 누우며 손을 들어 볼에서 흐르는 눈물을 닦아 주었다.

"미안해."

신원의 입에서 낮은 목소리가 흘러나오자 냉소소는 고개만 끄덕였다.

終

칠년후

　"하하하하!"

　"꺄르르르!"

　웃음소리와 함께 우르르 몰려다니는 소년과 소녀들은 넓은 공터를 자기 집처럼 휘젓고 다녔다.

　해가 서산으로 넘어갈 때까지 동네 꼬마들은 뛰어 놀았고 하나둘 자신의 집으로 사라져 갔다. 그사이 마지막까지 남아 공터를 도는 소년이 있었다.

　"나는 천하제일고수다!"

　혼자 외치고 반대편으로 달려가 다시 외쳤다.

　"그럼 나는 천하제일무인이다!"

그렇게 외친 소년은 다시 반대편으로 달려가 섰다.

"어디 덤벼 보거라!"

그렇게 외치던 소년은 곧 혼자 놀던 것이 지겨운지 땅을 한 번 찼다.

"쳇!"

혀를 차며 신형을 돌리던 소년의 눈에 어머니의 모습이 보였다.

"엄마!"

"저녁 먹어야지?"

"엄마아!"

소년이 환한 미소로 후다닥 달려가 어머니의 품에 안겼다.

"어이쿠!"

어머니는 소년의 무게를 이기지 못하고 주춤거렸지만 소년을 떨구지는 않았다. 곧 품에서 내려온 소년이 먼저 달렸다.

"누가 먼저 집에 도착하는지 내기해요!"

"요놈! 거기 서라!"

"하하하!"

어머니가 웃음을 보인 뒤 곧 힘차게 달렸고 그 소리에 소년은 더욱 다리에 힘을 주고 달렸다.

"으아아아! 하하하하!"

소년은 연신 웃었고 기분이 좋은 듯 양팔을 벌리고 집까지 뛰어갔다. 그 모습을 적당한 거리에서 쫓으며 어머니는 웃고 있었다.

"와구! 와구! 쩝! 쩝!"

밥 한 공기를 후딱 해치운 소년은 여전히 배가 고픈지 고기반찬을 연신 주워 먹었다. 그 모습을 어머니는 가만히 지켜보며 젓가락을 움직였다.

"중원아."

"응?"

소년의 이름은 중원이었다. 중원은 고개를 들어 자신의 이름을 부른 어머니를 쳐다보았다.

"내일은 시장에 나가 볼까?"

"진짜? 그럼 좋지. 헤헤헤. 나 그거 사죠."

"뭐?"

"팽이."

"팽이?"

"옆집 개똥이 놈이 그거 자랑한단 말이야."

중원의 말에 어머니는 가볍게 미소를 보였다.

"알았어. 사 줄게."

"진짜? 약속한 거다."

"그래."

어머니는 고개를 끄덕였고 다시 젓가락을 움직였다. 그때 가벼운 바람과 함께 발걸음 소리가 집 밖에서 들렸고 어머니는 살짝 아미를 찌푸렸다.

"어이! 중원이 이놈 있느냐!"

"헉! 숙부님!"

마당에서 들리는 소리에 중원은 반가운 표정으로 자리에서 일어나 밖으로 나갔다.

"숙부님!"

중원은 마당에 서 있는 붉은 옷의 중년인을 향해 달려가 품에 안겼다.

"어이쿠!"

숙부라 불린 사람도 중원의 무게에 신음성을 토했지만 그를 떨구지 않았다. 곧 중원을 품에 안아 든 숙부가 안으로 들어왔다. 어머니는 갑자기 나타난 숙부가 반갑지 않은지 못마땅한 표정이었다.

"왜 왔어?"

숙부는 중원을 내려놓고 의자를 당겨 앉았다. 곧 그는 품에서 목각의 장군 인형을 꺼내 들며 중원에게 말했다.

"이거 사 왔지."

"와!"

"전에 사 온 병사들하고 장군하고 같이 놀면 재미있을 거다."

"감사합니다!"

중원이 환한 표정으로 얼른 숙부의 손에서 인형을 뺏어 들고 자신의 방으로 달려갔다. 방에 모아 둔 병사들과 함께 가지고 놀기 위함이었다. 그렇게 중원이가 나가자 숙부는 곧 어머니에게 시선을 던졌다.

"장로님들이 중원이가 보고 싶은 모양이야. 내일 데리고 오라고 하셔."

"아직은……."

"자야야."

자야는 강풍의 안타까운 말에 고개를 저었다.

"아직 좀 더 평범하게 키우고 싶어……. 그곳에 가게 되면 중원이의 모든 것이 바뀔 텐데 그게 겁이 나기도 해."

강풍은 그녀의 말을 충분히 이해하고 있었다. 그의 남편의 죽음을 잘 알기 때문이다.

"저 아이는 중원이야. 다른 사람도 아닌 중원이란 이름을 가진 아이야."

"처음엔 나도 복수를 떠올렸고 복수의 길을 가고자 했어. 허나…… 지금은 그 길에 내 아들을 보내고 싶지 않아."

"중원이의 길은 운명이다. 네 아들이지만 내게는 하나뿐인 조카이다. 그런 아이에게 죽음을 가르칠 것 같아? 본 교로 돌아와."

"좀 더 생각해 볼게."

"내가 가면 다음은 장로님들이 올 거야. 어르신들도 이제 늙으셔서 언제까지 기다릴 수 있는 입장이 아니야."

"휴……"

자야는 깊은 한숨을 내쉬었다. 강풍의 말이 틀린 게 아니기 때문이다. 장로들은 모두 연로했다. 그들이 기다릴 수 있는 시간은 그리 길지 않다는 것을 그녀도 잘 알고 있었다.

"알았어."

자야의 짧은 대답에 강풍은 고개를 끄덕였다.

"마차도 준비했으니 가는 길은 편할 거야."

"고마워."

자야의 대답에 강풍은 그녀의 어깨를 다독였다.

자야의 손을 잡고 걸음을 옮기고 있는 중원은 사방을 둘러보며 거대한 신성교의 고루거각들 사이를 걷고 있었다. 많은 무사들이 있었고 많은 사람들이 있었다. 넓은 정원을 지나 인공 호수의 구름다리를 건널 때 잠시 걸음을 멈춰 비단잉어들을 쳐다보았다.

후원의 담을 넘어 작은 마당에 도착한 자야가 걸음을 멈췄다. 중원은 작은 집 앞에 앉아 있는 중년인을 쳐다보았다.

"어? 할아버지!"

중원은 오랜만에 만나는 할아버지의 모습에 환하게 웃으며 달려갔다. 비달은 품에 안기는 중원을 끌어안고 머리를 쓰다듬었다.

"잘 있었느냐?"

"예!"

중원은 큰 목소리로 대답했다.

"너는 천하제일인이 되고 싶지?"

"당연하죠! 저는 천하제일인이 될 거예요!"

중원은 비달의 말에 크게 대답했다. 그게 현재 중원의 꿈이었고 비달이 원하는 대답이기도 했다.

비달은 미소를 보이며 고개를 들어 자야를 쳐다보았다.

"오느라 고생했다."

"아니에요."

비달은 고개를 끄덕이며 다시 말했다.

"본 교에 천무심법은 없다."

그의 말에 자야의 표정이 급격히 어두워졌다.

"하지만 천무심법에 비견되는 구천신공은 존재하지."

자야는 그 말에 굳은 표정을 보였고 비달이 미소와 함께 중원의 어깨를 잡으며 다시 말했다.

"구천신공을 대성하게 된다면 넌 천하제일인이 될 것이다."

"네!"

중원은 그게 무슨 뜻인지 모르지만 씩씩하게 대답했다.

"넌 분명 그리 될 것이야. 하하하하하!"

"하하하하!"

비달이 호탕하게 웃자 중원도 호탕하게 허리에 손을 얹고 웃었다. 그 모습에 자야는 저도 모르게 손으로 얼굴을 가리며 고개를 돌렸다. 둘의 모습이 너무 닮았기 때문이다.

웃음을 그친 비달이 중원을 향해 미소를 보이며 말했다.

"중원아. 너는 네 아버지의 죽음을 기억해야 한다."

"네!"

중원은 다시 크게 대답했다. 하지만 궁금한 표정으로 물었다.

"그런데 아버지는 어떻게 돌아가신 거예요? 엄마도 말 안 해 줘서요."

"그건 천천히 알게 될 것이야."

"네!"

중원은 다시 힘차게 대답했다. 그 모습이 비달의 눈에는 너무도 사랑스럽게 보였다. 자야는 눈시울을 살짝 붉혔지만 굳은 표정으로 고개만 끄덕였다.

펑! 펑! 펑!

둥! 둥! 둥!

화약이 터지며 북소리가 요란하게 울렸다. 거대한 무림맹은 축제를 연 듯 보였다. 수많은 사람들로 북적였고 많은 사람들이 오가고 있었다. 새로운 무림맹주의 탄생을 축하하는 날들이 계속되고 있었기 때문이다.

거대한 대전에는 많은 사람들이 모여 있었고 그 사이로 백색무복에 청룡이 그려진 청룡포를 입은 장년인이 태사의를 향해 걸어 올라갔다. 그가 빈 태사의에 앉자 많은 사람들이 그를 주시했다.

무림맹주 창천검제(蒼天劍帝) 남궁진

남궁진은 무림맹의 정점에 올라섰고 천하를 주시하는 자리에 앉게 되었다. 수많은 사람들이 그를 축하했고 앞으로 며칠 동안은 이를 위한 연회가 계속될 것이다. 하지만 그런 경사스러운 자리에 신원의 모습은 없었다.

'어떻게 그놈을 다시 데려오지?'

남궁진의 고민은 신원의 복귀였고 최대한 잘 다독여 다시 맹으로 불러와야 했다. 그래야 마음 편히 과다 업무를 부여할 수 있기 때문이다.

'한동안 놔둘까?'

남궁진은 가볍게 미소를 보였다.

"아빠! 엄마!"

큰 목소리와 함께 다섯 살 정도 된 어린 소녀가 앙증맞은 표정으로 달려와 신원의 품에 안겼다.

"뛰면 위험해."

냉소소의 말에 소녀는 혀를 내밀고 신원의 품에 얼굴을 비볐다.

"엄마는 질투쟁이."

"윽!"

냉소소의 얼굴이 순간적으로 붉어졌다.

"하하하! 우리 영아가 말을 아주 잘하는구나."

"당신."

냉소소의 따가운 눈총에 신원은 재빨리 영아를 내려놓고 손을 잡았다. 그러자 영아가 냉소소의 손을 잡았다.

"엄마도 잡자."

"아무튼······."

냉소소는 영아의 행동에 금세 화가 풀린 표정이었다. 세 사람은 도란도란 이야기를 나누며 나란히 집으로 향하고 있었다. 그때 급박한 발걸음 소리와 함께 관군들이 우르르 몰려가자 신원의 표정이 굳어졌다.

"뭐지?"

"또! 또! 쓸데없는 참견은 하지 말아요."

"맞아! 아빠는 참견쟁이야!"

냉소소와 영아의 말에 신원은 짧은 턱수염을 쓰다듬었다. 두 사람의 말에 가시가 박혔지만 신원의 눈동자는 호기심으로 반짝였다.

"살인인가 봐."

"저런! 누가 죽었는데?"

"며칠 전 왕 대인 집에 첩으로 들어온 그 여자 있지? 그 여자가 죽었나 봐."

사람들의 말소리에 신원은 걸음을 멈췄다.

"둘은 먼저 집으로 가."

신원의 말에 영아와 냉소소가 동시에 눈에 불을 켜고 신원을 노려봤다.

"또!"

"아빠!"

쌍둥이 같은 그 모습에 신원은 놀란 듯 한발 물러섰다.

"그냥 궁금해서 그런 거야. 금방 갈게."

"아무튼 아빤 못 말려."

"당신…… 그러지 말라니까요."

"엄마, 그냥 둬. 저렇게 살라 그래. 우리끼리 가."

영아가 냉소소의 팔을 붙잡고 먼저 걸음을 옮기자 냉소소가 어이없다는 듯 신원과 영아를 번갈아 봤다. 그러고는 곧 영아를 따라 걸었다.

"누구를 닮았을까?"

문득 신원은 영아가 자신의 딸이 아닐지도 모른다는 생각이 들었다. 너무 똑똑했고 똑 부러졌기 때문이다.

"소소를 닮은 게 분명해."

신원은 냉소소가 고개를 돌려 미소를 보이자 고개를 끄덕인 뒤 재빨리 사건이 발생한 왕 대인의 집으로 향했다.

"후후후……. 치정인가? 조사하면 알겠지."

〈완결〉

장담 신무협 장편소설

강호제일해결사

江湖第一解史士

ORIENTAL FANTASY STORY & ADVENTURE

탄탄한 구성과 짜임새 있는 연출로 이루어 낸 장담표 무협.

상대를 죽이지 못해 암살은 꿈도 못 꾸는 반쪽 살수, 사운평.

강호제일의 해결사가 되기 위한 좌충우돌 강호종횡기!

dream
books
드림북스